U0080961

靈能之森
03 天機初現
Human's dreams, can not be stopped.
七夜茶 X 嵐月

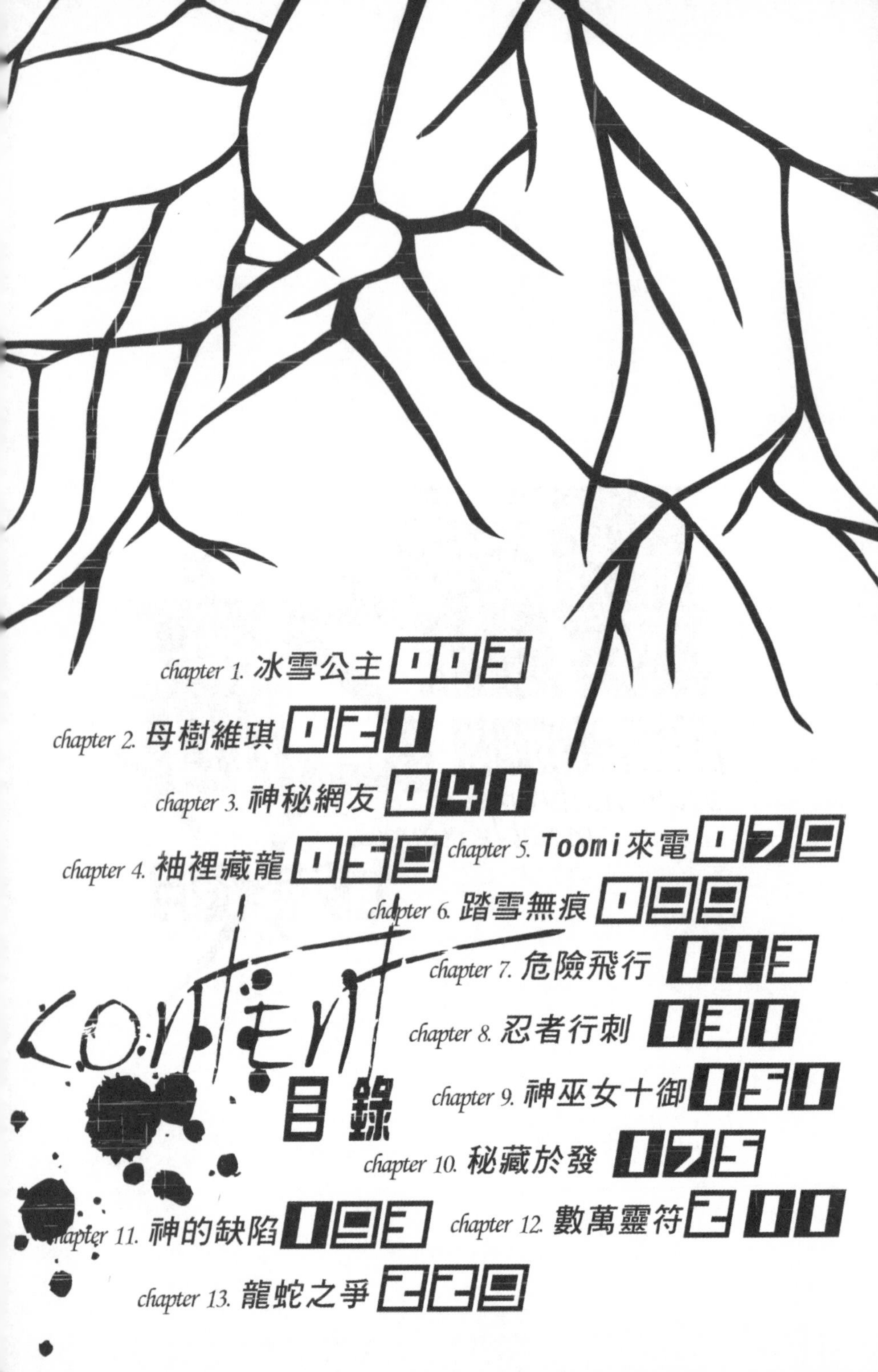

content 目錄

001 冰雪公主

在紅島市最高級別的五星酒店中，一百多位當地名流聚集在宴會廳中，在管弦樂隊的演奏聲中談笑著。

一名身穿拖地晚禮服的女孩，如同清塵脫俗的仙子一般，飄然穿過紛紛側目的眾人，甩著如銀河般縹緲的長髮，微笑著站到了宴會廳前的主舞臺上。

女孩長著一張鴨蛋臉，面部線條極為細膩，眉毛秀美而富靈性，眼眸中蓄著兩灣秋水，鼻梁小巧而輕緩，薄唇上帶有幾分雋永。

晚禮服隨腳步而輕輕的泛動著，將腰部的纖細曲線勾勒的畢現，裙衩外側開口處露出潔白的絲襪，包裹著冰肌雪膚般的修長美腿。

001 冰雪公主

「親愛的朋友們，大家晚上好！本人是龍林高科的總經理林雨婷，受總裁龍耀先生之託主持這次慈善晚會。」這位二十多歲的女孩，如此的介紹自己道。

下方的眾人在驚訝之餘，依然不忘熱情的鼓起掌來。

「各位應當知道，就在一個多月前，紅島附近的海域發生一起海難。有六十四名少女獲得營救，她們中的大多數已被送回家中，但仍有二十人無法聯繫到家人，且這二十人都是外籍人士。」林雨婷繼續說道。

眾人竊竊私語起來，看來早已有所耳聞。

「本公司的總裁——龍耀先生，十分同情這些流落異鄉的孩子，決定成立一個慈善機構，收養並教育這些孩子。」林雨婷聲情並茂的說著，同時伸手指向臺下一人，道：「而且這個提議得到了世界醫藥產業巨頭——科林藥業財團的加里．科林先生支持。」

眾人看向一名歐裔男青年，並向其報以熱烈的掌聲。加里．科林沐浴在讚許之中，手舉著一杯葡萄酒，舉止優雅的向眾人回禮。

但在加里．科林笑臉之後，卻是一張冤大頭的苦逼臉。

那次海難中沉落的遊輪，其實是加里．科林的財產。那六十四名遇難的女孩子，也是加里．

科林的「私有物」。而這次災難的始作俑者其實就是龍耀，他不僅擊沉了價值一億歐元的遊輪，還在事後要挾加里．科林出資成立慈善機構。

主舞臺上，林雨婷又說了一番客套話，然後便到了此次宴會的主題上：「下面，我們舉行今晚的慈善義拍，第一件是龍耀先生的手跡。各位，請看——」

林雨婷向旁邊輕輕的一揚手，兩名身穿旗袍的禮儀小姐上臺，拉開一張長約六尺的白絹紙，上面寫著蘇東坡的詞《念奴嬌．赤壁懷古》，「大江東去，浪淘盡，千古風流人物……」

臺下的眾人議論了一陣，都是說一些俗套的讚語。畢竟大部分人都不懂書法，只是人云亦云的附和。

卻有一位老者靠上前來，置疑的端詳了一遍字跡，道：「林小姐，說笑了吧？這筆法和蘇軾的一模一樣，應該是原作的一件影印品吧？」

林雨婷笑了笑，道：「老先生，這的確是原跡的一件臨摹品，但卻是出自龍耀先生的手筆，期間沒有藉助任何現代的工業技術。」

「老朽在書畫界已浸淫多年，當代有名的書法家都認識，我斷定今人不可能有如此手筆。」老者肯定的道。

下方的眾人紛紛議論起來，已經有人懷疑義拍造假了，這可不是一個好的徵兆。

林雨婷雖然只有二十多歲，但已取得了碩士學位，求學時代有過五次跳級經歷，這足以佐證她有非凡的智慧。

林雨婷面對眾人的置疑，沒有露出絲毫的慌張，而是請老者走到臺上來，遞給他一個放大鏡，請他仔細辨識一下細節。老者狐疑的走到絹紙近前，把放大鏡湊到大瞪的眼前，仔仔細細的鑑賞一番。

起初，老頭還是堅持自己的看法，但當他看到最後的結尾處時，一雙老眼猛的瞪到了最大。

「這、這……這墨水還沒有乾？」老者驚訝的道。

「不錯！這是剛寫的。」林雨婷笑著道。

「仔細看這字並不是簡單的臨摹，而是頗有蘇軾那種『我書意造本無法，點畫信手煩推求』的風骨。」老者趴在書畫上好一陣子，才道：「真是太神奇了！可否請龍耀先生出來一見，老朽十分想結識這位丹青妙手。」

「對不起！我們總裁是一位隱士，不喜歡在公眾場合露面。」林雨婷笑了笑，又道：「好了！回到原來的話題上，這幅書法作品的底價是一萬元，每次加價不得低於……」

「一百萬。」還沒等林雨婷的話說完，剛才的老者便率先喊道。

林雨婷的嘴角抖了兩下，道：「老先生，雖然這是出於慈善事業，但您喊的價也未免太高了！」

「不！龍耀先生的書法值這價，老朽不能讓藝術蒙塵。」

「呃，好吧！那就謝謝您的慷慨了。」林雨婷點頭鼓掌道。

好的開端是成功的一半！第一件義拍品以高價成交後，後面的東西就水漲船高了。

當眾人都聚集在義拍舞臺前的時候，自助餐櫃後面轉出一名高中女學生。

她穿著一件黑色的高中校服，胸前平得跟大理石地板似的，但腰下的大腿卻很有曲線，總體來說身材還算是不錯。女孩留著清爽動感的短髮，眼睛裡閃爍著清純的光，鼻翼在美味的引誘下，像小雛燕般的聳動著。

女孩端著一盤銀製小碟子，嚼著不知名的西餐佳餚，道：「龍耀，你寫一幅字就一百萬啊！這樣的話，你根本不需要開公司，直接賣字就能發財了。」

「胡培培，妳果然是個笨蛋！」一個聲音從餐櫃後面傳出來，音調中伴隨著清洌的靈氣，道：「物以稀為貴，如果一幅字值一百萬，那兩幅字只值五十萬，而一百幅字就一文不值了！」

龍耀從陰影中走到燈光下，雙眼如同蠟燭一般的點亮了，放出動人心魄的紫亮光芒。他將短硬的頭髮向後耙了一下，髮絲如同過電一般的定型在了額頭上。

龍耀身著與胡培培相同的校服，年輕的外表完全掩藏了他的才智，使在場的眾人都沒有注意到他。

他原本是一名懵懵懂懂的青春少年，但卻在四個月前被異界的靈種寄生，成為一個智商高達兩百的靈能者，能排進當代最聰明的人類前三之列。他只用了四個月的時間，就白手起家建立了公司，並且學會諸多的技藝和知識。

但在上天垂青於他的同時，也給他帶來了許多的災厄。比如上一次，他為了解救一群被綁架的女孩，從而與加里·科林大打出手，因此也惹上了西方的魔法協會，隨時隨地都有著性命之憂。

加里·科林感應到了靈氣，恨恨的扭頭望了龍耀一眼。龍耀微笑著回望了一眼，直至加里·科林率先迴避。

龍耀捏著下巴，思慮了一會兒，道：「加里·科林眼中有殺氣，恐怕今晚就會對我不利。」

「那怎麼辦啊？」胡培培有些害怕的道。

「兵來將擋，水來土掩。」龍耀看了一下時間，看向放甜點的餐櫃，道：「莎利葉，該走了。」

「這麼快！我還沒吃完呢。」一個精靈一般的小女孩，從餐櫃下面鑽了出來。

女孩有著典型的歐裔外貌，但細節之處又有些不同。她有一頭少見的銀紫色長髮，眉毛細長的如同天線，眉梢如匕首似的穿出了兩鬢。女孩的額頭正中戴著一只公主頭環，頭環中央的紫色水晶下，有一隻如真似幻的大眼睛，與她眉下的兩隻紫色眼睛同頻率的眨動旋轉著。

女孩穿著銀白色的束腰馬甲，肩頭插著金色的月桂花枝，皮裙上點綴著眼睛形狀的水晶，像是孔雀那美麗的尾翎一般。這身裝扮就像在Cosplay 某些動漫人物，所以別人也沒有在意她的奇怪外貌，因為人們都習慣性的認為長眉和第三隻眼都是裝飾品。

實際上，莎利葉是從異界前來的墮天使，與龍耀結下了對等的合作契約，目的是聯手調查靈種的來源。

「妳已經吃得夠多了。」龍耀撿起一條餐巾，給莎利葉擦了擦嘴，道：「我們走！今晚會很忙的。」

001 冰雪公主

出了五星級大酒店後，龍耀徑直走向了海邊。現在已經到了隆冬時節，原來人流熙攘的木棧道，現在只能寂寞的與海風聊天，發出「吱吱呀呀」的顫響聲。

龍耀帶著莎利葉和胡培培，慢慢的行走在觀海棧道上，側目遙望著浪潮迭起的大海，還有冉冉升起的一輪明月。

「龍耀，天氣好像變冷了。」胡培培向手心哈出一口白氣，忽然指尖上出現了一片雪花。不知道在什麼時候，天空竟然飄起了雪花，這可是天氣預報沒說的。

莎利葉伸出了稚嫩的小手，接住幾朵雪花看了一眼，道：「有冰系魔法的氣息。」

龍耀的眼睛裡劃過一絲精光，道：「是魔法協會的魔法師嗎？看來加里·科林請幫手來了。」

晶瑩的雪花越飄越大，很快變成了鵝毛大雪。空氣的溫度直線下降，大海上凍結起了冰塊。冰塊在海浪的推動下，邊緣發出劇烈的碰撞，刺耳的聲音響徹夜空。

忽然，一陣北地寒風呼嘯著吹拂而來，推動著無數的大冰塊靠到岸邊。在推擠爆裂的冰塊之中，影影綽綽的走來了兩個人影。

前面的少女帶有明顯的北歐血統，雪白的長髮如同暴雪般飛舞著，赤色的眼中閃爍著懾人的光芒。

少女的年歲與莎利葉相似，瘦弱的身子像極了豆芽菜，但她身上的魔氣卻壯如冰山，能讓任何人為之震驚。她頭上戴著一頂高高的裘皮帽子，脖子上圍著整張雪狼皮做的圍巾，身上披著一件毛絨絨的白色大衣，但在大衣和長筒靴之間卻有一段絕對領域，裸露出冰雪一般潔白的大腿和膝蓋。

這說明少女根本就不懼嚴寒，那打扮只是出於家鄉的習俗。

少女用紅眼睛眺望著龍耀，輕薄的嘴唇露出一抹冷笑，抬起白色的皮靴踏上海岸，道：

「Valkyrja，動手！」

一個同樣有著北歐血統的女性，應聲從少女身後閃現出來。她披著北歐風格的鎖子甲，就像一名來自古代的戰士，手裡握著一根木製的短標槍，對準龍耀的胸口刺了過來。

莎利葉一口吞掉了棒棒糖，將小手向著虛空之中一抓。一柄由水晶構成的死神鐮刀，劃破真實和虛幻的界限，橫擋在了龍耀的身前。

「噹」的一聲震響，鐮刀和標槍對擊在一起，然後兩人同時向後退步。莎利葉滑退了十步，腳下的木棧道紛紛爆裂；對面的女人被逼退回冰上，冰塊同時碎裂成了魚網狀。

龍耀是一個喜怒不形於色的人，雖然內心驚訝於對方的實力，竟然能用一擊便震退了墮天使，但臉上的表情卻沒有絲毫變化。而對面的紅眼少女畢竟年歲有限，見 Valkyrja 被莎利葉擊退後，雪白的俏臉上便閃過一絲震驚。

這一瞬而過的表情，被龍耀盡收在眼中。

龍耀輕輕的哼笑了一聲，道：「魔法協會的人，都這麼沒禮貌嗎？一聲不響的就動手。」

少女冷冰冰的看向龍耀，用不太流利的中文說道：「我叫白冰，是維京的公主，魔法協會的初階魔法師，奉令前來，向你討回一物。」

「我好像不欠魔法協會東西。」

「不！閣下拿走了魔法協會一件十分重要的東西。」

「哦！是什麼？」

「魔法協會的聖物，第 2012 號母樹——維琪。」

「咦——」龍耀三人都吃了一驚。

維琪是龍耀從遊輪裡解救出的少女之一，但她與其他少女有著截然不同的思維，從一開始就打定了留在龍家的目的。現在，其餘的少女都被寄放在本市的警察局裡，只有維琪不管別人怎麼勸說，都死皮賴臉的待在龍耀家不肯離開。

「維琪是人，不是東西。」龍耀裝作無知的說道。

「哼！看來你還不知道維琪的真身。」白冰露出一抹冷笑，道：「不過這對你來說，也許是一件好事。」

「什麼意思？」

「你最好不要再打聽了！乖乖的把維琪交給我。」

「如果我說『不』呢？」

「那你只有死路一條。」白冰向Valkyrja遞了一個眼色，道：「准許使用大規模殺傷性魔法。」

Valkyrja輕輕的點頭回應，繼而縱身躍到了半空中。標槍在夜空中閃耀出了電光，天空中降下無數的雷流。雷流如同榕樹根一般纏繞著標槍，將那標槍勾勒成了巨大的柱子。

「英靈神殿，五百四十道門開，召喚永恆神槍昆古尼爾，賜予我值得尊敬的敵人，必然穿心的命運一擊。」Valkyrja輕輕的詠唱完咒語，猛的將流淌著雷電的標槍擲出。

昏暗的天空忽然亮了起來，一道金光從北方勁射了過來，光芒勾勒出五百四十道大門，每一道門上都雕刻著一個神話。五百四十道大門依次打開，將標槍和龍耀連成了一線。

下一秒鐘，巨大的標槍穿過了大門，從半空中斜著飛刺而來，如同下墜的流星一般。

莎利葉看到標槍來勢極凶，一邊呼喊著讓龍耀閃避，一邊旋轉鐮刀擋了上去。可這一次卻沒有發生碰撞，標槍竟然消失在了鐮刀之前，直接閃爍到已經退後的龍耀身旁。

龍耀沉著的看著標槍飛近，猛的一把將胡培培拉到身前，用胡培培擋下了急刺的標槍。標槍洞穿了胡培培的身體，槍尖離龍耀的胸口只有一指。

白冰吃驚的看著這一幕，道：「竟然用同伴的身體為自己擋槍，龍耀你果然不是一般的人，難怪會讓加里．科林束手無策。」

Valkyrja也有些吃驚，但仍然保持著得意之色，道：「但命運是不會改變的。」

話音剛落，標槍竟然再次啟動，向前推進了五公分，精確的刺進了龍耀的心臟。

「啊！」龍耀呻吟了一聲，躺倒在木棧道上。而胡培培卻仍站在原地，從容的伸手拔出標槍。明亮的月光從正面照射在她身上，在她身後的影子上留下一個光斑。

「嚇了我一跳！」胡培培感嘆道。

「呃！呃！呃！不死亡靈？」白冰恐懼的叫了一聲，下意識的向後退一步，卻一不小心滑倒了，後腦杓磕向一塊堅硬的冰錐。

忽然，一雙手扶住了白冰嬌小的肩膀，道：「不！她可不是北歐神話裡的那種亡靈，她只是一名擁有不死能力的靈能者。」

「什麼？」白冰驚訝的轉過頭來，見龍耀站在她的身後。她又慌張的扭頭看向龍耀的屍體，見那具中槍的屍體正在緩慢的化成一團靈氣。

Valkyrja驚慌的衝到近前，一把將白冰攬回了懷抱之中。

龍耀笑著轉身看向大海，將空虛的後背留給兩人，低頭撥弄著智慧型手機，道：「我剛才查了一下電子詞典，『Valkyrja』是古代北歐的語言吧，翻譯過來就是女武神——瓦爾基里。」

白冰和Valkyrja都吃了一驚，沉默又驚懼的看著龍耀。

「如果我沒有猜錯的話，瓦爾基里是妳的召喚靈吧？」

瓦爾基里是北歐神話中的女武神，職責是引導戰士的靈魂進入英靈殿。據說，女武神共有十六位，以北歐主神的女兒為首領。而昆古尼爾則是北歐主神奧丁的武器，另一個名字叫做「永恆神槍」，是可以扭曲命運的必殺神器。

但龍耀卻用東方道門的絕技——一氣化三清，製作了一個與自己完全一樣的分身來替死，這才騙過了附在昆古尼爾上的命運詛咒。

莎利葉將死神鐮刀插在海灘上，又從口袋裡掏出一根棒棒糖，道：「原來妳也是召喚靈啊！難怪可以跟我硬拚一招。」

瓦爾基里驚訝的看向莎利葉，道：「難道妳也是召喚靈？」

怕口無遮攔的莎利葉暴露過多的情報，龍耀用笑聲打斷了她們的談話，「哼哼！看來是魔法協會太輕視我龍耀了，竟然會派一個一無所知的笨蛋前來。」

「你竟敢侮辱本公主！寒冰之槍——」白冰猛的一揮衣袖，袖下騰起一股寒風。寒風中飽含著魔氣，凝結了空氣中的水，凍結出一桿冰製的長槍。冰槍如子彈般的向前延伸，一直刺向了龍耀的後心。

龍耀在千鈞一髮之際轉身，右手向著冰槍的尖端伸出，手中的靈樹印記一陣閃爍。

「奪天地一氣。」龍耀發動了靈能秘訣，手心生出了巨大引力，四周的靈氣都被吸入。冰槍上的魔氣同樣被龍耀握在了手中，冰塊隨即融化成水了。

「一氣化三清。」龍耀將雙手交纏在身前，劃出了一個漂亮的太極。太極的圖案一閃而過，魔氣在下一秒鐘飛了回去。

就在白冰驚訝於東方道術之時，魔氣忽然停駐在她的身前，竟變成與她一模一樣的分身。白冰的分身冷笑看著本體，突然從衣袖中抖出一根冰槍。

「公主，小心！」瓦爾基里搶先靠前，一掌劈斷了那根冰槍。那分身是用白冰的魔氣製造的，這一擊已經耗光了魔氣，便搖搖晃晃的消散掉了。

「這是什麼，東方玄術嗎？」白冰驚魂未定的問道。

「公主，先撤退吧！」瓦爾基里建議道。

「什麼！妳想讓我當逃兵嗎？」白冰還在堅持著自己的尊嚴。

「但是形勢逼人啊！我們對龍耀的實力一無所知，也不知道他藏了多少底牌。」

「可惡啊！」

就在這個時候，一輛加長型的豪華轎車駛近，停靠在海岸上方的公路上。乳白色的車門打開之後，一條猩紅色的地毯滾了出來。地毯一直滾向海岸，最後停在了白冰的腳邊。

加里．科林從豪華轎車裡走出，彎腰施了一個貴族的騎士禮，道：「尊敬的公主殿下，請恕在下有失遠迎，洗塵的晚宴已經準備好了，請上車吧！」

胡培扯著破碎的校服，指著如冰面般平坦的胸部，道：「喂！在人家胸口砸了一個洞，一

句話不說便想走掉嗎？」

白冰斜睨了胡培培一眼，「叮」的一聲彈出一枚硬幣，隨後進入了加里．科林的車。龍耀凝視著轎車的後窗，與白冰回望的紅眼睛對視著，直至兩人都被茫茫的黑夜吞沒。

白冰剛一離開海岸，雪花便停止了飄搖，同時冰塊也破碎了。

龍耀捏著下巴思索著，莎利葉繼續吃棒棒糖，胡培培則像撿了寶一般，大叫道：「耶！是金幣啊！純金的啊！」

「第 2012 號母樹——維琪。」龍耀重複了一遍白冰的話，嘆道：「這到底是什麼玩意啊？」

在加長豪華轎車內，加里．科林給白冰倒了一杯紅酒，笑道：「公主殿下，您到紅島市來，怎麼不事先通知我一聲？」

白冰根本沒有在聽，她還在想龍耀的事，道：「魔法協會給我的情報，說龍耀只是靈能者，為什麼他還會東方道術？」

「呃！魔法協會的情報太慢了！如果您能事先跟我聯繫一下，那我……」

「少廢話！把你現在知道的情報說一下。」白冰不耐煩的說道。

加里・科林依然陪著笑臉，但旁邊的保鏢邁內克卻發作了，道：「小丫頭，妳不要不識抬舉，我們少爺也是有身分的人。」

「哼哼！一個滿身銅臭味的商人家族，敢在維京王族面前提身分？」白冰倨傲的嘲笑道。魔法協會是一個古老的組織，還保留著很多封建時代的陳規，比如說極為看重出身和血統。這也是加里・科林永遠的痛，因為追溯到祖上三代之前，他的祖宗只是個賣假藥的庸醫。所以，雖然加里・科林在現代社會裡風光無限，但在古老的魔法協會裡卻一直遭人白眼。

邁內克急眼了，喝道：「我們少爺可是中階魔法師，論資排輩也比妳高出一等。」

「哈哈！他那魔法師資格，怕是花錢買來的吧？否則也論不到我這初階魔法師來替他收拾殘局了！」白冰放聲大笑起來。

加里・科林臉上依然保持著笑容，但拿酒杯的手卻不受控的抖動起來。加里・科林城府之深，比龍耀有過之而無不及，雖然他沒有表現出半點憤怒，但心中卻已種下了仇恨的種子。

002 母樹維琪

義拍晚宴在熱烈的氣氛中結束了，林雨婷在送別與會的慈善人士後，滿懷喜悅的驅車來到了龍耀家，想把籌得善款的數目告訴龍耀，卻發現他竟然還沒有回到家中。

「咦，奇怪了，他們明明離開的比我早啊！」林雨婷道。

「大概散步去了。」沈麗把眼睛移離了電視，目光驚豔的打量著林雨婷，笑道：「啊！今晚穿得好漂亮，頗有媽媽我年輕時的風采。」

林雨婷得意的轉了一下身，將晚禮服的裙襬甩飛起來，然後笑著撲到了沈麗的懷抱中，道：

「媽媽妳說什麼呢！妳現在也很年輕。」

「哈哈！這孩子真會說話，比龍耀那小子強多了。」沈麗笑道。

沈麗其實是龍耀的媽媽，但林雨婷因為經常來龍家，和沈麗的關係非常親密，所以也隨口叫媽媽了。

沈麗身上穿著一成不變的試驗服，抱著寵物兔子倚坐在長沙發上。她雖然已經四十多歲，但身上沒有半點歲月的痕跡，生過龍耀的小腹依然緊緻，窈窕的身上不見一絲贅肉。她戴著紅色的板框眼鏡，瓜子臉白嫩的如同少女，與林雨婷的俏臉擺在一起，就像一對年歲相近的姐妹。

林雨婷在抱著沈麗的時候，聽到了整點報時的鐘聲，有些擔心的道：「都已經十一點鐘了，龍耀和胡培培在一起，兩人不會做什麼事吧？」

沈麗旁邊的長沙發上，斜躺著一名金髮少女。她眨巴著碧藍的大眼睛，一手捏著一顆晶瑩的桔瓣，放在鮮紅的唇邊慢慢的舔弄著，一手捋著帶有自然捲的金髮，擺出一派西歐貴婦人的姿態。

這個女孩子就是維琪，雖然她只有十四歲，但心理卻極為成熟，好似一名世故的貴婦。當然，她的身體也非常成熟，尤其是那對豐盈的胸脯，就像懷抱著兩隻寵物兔子。以她的纖細身材來說，這對爆乳可謂非常顯眼，以至於常讓人忽略她的美貌。

「善嫉的女人真難看。」維琪嘲諷一聲。

「呃，妳這個臭小丫頭！給我讓個坐的地方。」林雨婷輕輕的拍了拍維琪的小腿，在白皙的肌膚上留下了一個紅印。

維琪不情願的蜷縮起長腿，將兩個白嫩的膝蓋靠在胸前，把一對爆乳襯托得更加碩大了。林雨婷的眼角瞄到這一幕，嘴角不由自主的抖動起來，忍不住偷偷瞄向自己的胸部。雖然林雨婷的身材也不錯，但她屬於東方含蓄清秀型的，與維琪這種火辣的身材沒法比。

維琪裝作不在意的樣子，擺弄著水晶般的腳趾甲，時不時挺身凸現一下胸部，道：「男人都需要自由的空間，但只要妳能抓住他的心，那任他去何處都無所謂了。」

「可惡的小丫頭，不要在我面前裝大人。」林雨婷一邊訓斥著維琪，一邊撥打著龍耀的手機號碼。

「哼哼！妳越是想抓緊，就越是難如願，妳要學會放手。」

林雨婷停止撥打手機，看了一眼身旁的小大人，道：「聽起來，有點道理。」

「當然了，我最瞭解龍耀哥哥了。龍耀哥哥向來特立獨行，是不會受到任何影響的，就算妳再死纏爛打，也不會收到一絲一毫的效果。」

「哦！那該怎麼辦啊？」

「只能靜待龍耀哥哥的選擇了，相信他的選擇是最正確的，他一定會選出世界上最聰明、最美麗、最優秀的女孩。」

「嗯——」林雨婷撥了撥額前的劉海，臉頰上浮現了兩片紅霞，道：「我也沒妳說的那麼好啦！當然，跟胡培培那個笨蛋飛機場比起來，我的確是要領先她好幾個檔次啦！」

當林雨婷處於得意之中時，維琪卻掩嘴輕咳了一聲，道：「對不起！我不是說妳。」

「啊？」

「妳這個人什麼都好，就是有點自我意識過盛，不知道天外有天的道理。」

「啊！妳什麼意思？」

維琪像一隻波斯貓似的，輕輕舒展著楊柳細腰，慵懶的倚在沈麗身上，輕輕的摘下她的眼鏡，架在了自己小巧的鼻梁上，又把豐盈的胸脯挺高幾分，道：「最聰明、最美麗、最優秀的女孩子，當然是我啦……」

林雨婷的嘴角都被氣歪了，道：「原來妳這小丫頭也想摻和一腳啊！」

「哼哼！我才是龍耀哥哥的真命天女，妳們都沒希望了。」維琪一副十拿九穩的派頭。

這時候，沈麗收養的義女艾憐，披著一件浴衣走出來，眨巴著純潔的大眼睛，道：「維琪姐姐，妳要嫁給龍耀哥哥嗎？」

「是喲！以後妳要叫我『嫂嫂』哦！」

「太好了！艾憐也想當哥哥的新娘，我們可以永遠不分開了。」艾憐高興的撲進了維琪的懷裡。

「哎、哎——不行啊！不行啊！只有一個人可以嫁給龍耀哥哥。」維琪聽到艾憐的話，有點束手無策了。

「我不管、我不管！我就是要一起。」艾憐任性的道。

林雨婷氣得頭暈目眩，好一陣子才冷靜下來，突然想到一件奇怪的事，道：「慢著！不對啊！維琪，妳不是只會說英語嗎？」

「我可以學漢語嘛！」維琪滿不在乎的答道。

「妳才來了兩個月啊！」

「如果兩個月還學不會一種語言，那又怎麼配得上龍耀哥哥呢？」維琪嘛著小嘴道。

「哦……我要被這小丫頭氣死了。」林雨婷捶了捶額頭，道：「等慈善收容院建好了，馬上把妳送過去。」

「才不要呢！我要和龍耀哥哥一起住。」

「這由不得妳。」

「也由不得妳。」

兩人的眼神怒瞪在一起，黑色和藍色的瞳孔之間，放射出一道激烈的閃電。

忽然，房門處傳來了一陣腳步聲，龍耀帶著莎利葉進入房內，第一句話便斬釘截鐵的道：

「從今天起，維琪就是這個家中的一員了。」

「咦！」

林雨婷和維琪都是一陣驚訝，不知道龍耀的葫蘆裡賣的什麼藥。

「維琪今後不要一個人活動，白天跟莎利葉在一起，晚上再回到家裡住。」龍耀之所以這樣安排，是不想給魔法協會機會。

白天，龍耀要上學，沈麗要上班，沒有人照顧維琪，所以讓她和莎利葉在一起。莎利葉在閒著的時候，一般都會坐在糕點店裡吃甜食，正適合保護維琪不被魔法協會綁架。

晚上，莎利葉和龍耀一般會出門辦事，維琪便會和沈麗、艾憐在一起。因為玄門有一條非常重要的戒律，就是不能在普通人面前使用異能，也不准將普通人牽涉進玄門爭鬥之中。所以，只要維琪和普通人待在一起，那魔法協會也不敢輕舉妄動。

維琪不知所措的撓了撓腦袋，秀麗的小臉突然露出了笑意，興奮的從沙發上跳了下來，道：「耶！龍耀哥哥選擇了我，龍耀哥哥果然好眼光。」

龍耀不知道維琪在說些什麼，但還是一把接住了小丫頭，道：「跟我到書房，我有事情要問妳。」

維琪捧著蘋果似的小臉，扭動著曲線玲瓏的身段，道：「啊！好討厭啊！哥哥想問人家的心意嗎？我現在就可以回答……」

「妳偶像劇看多了吧？」龍耀將維琪夾在了腋下，和莎利葉一起進了書房，在關門前還回頭說了一句，「艾憐，早點睡覺，少看電視，否則會變傻的。」

「哦！」艾憐答應了一聲。

沈麗不高興的叫了起來，道：「你這倒楣孩子，又在諷刺我嗎？」

「維琪才來兩個月，就變成這樣子了，都是被妳教壞的。」龍耀道。

「這事怎麼能怨我？明明是那小丫頭有天賦。我看可以讓她去上藝術學院，以後說不定會成

為影星。」

龍耀無奈的嘆了一口氣，轉身關閉了書房的門。

素雅的書房中，擺著幾個書櫃，中間有一臺電腦，電腦桌上擺著筆墨紙硯，慈善拍賣會的書法就在這裡寫的。

龍耀將文房四寶收了起來，端正的坐到了電腦椅上。

莎利葉坐在他對面的座位上，旁邊的茶几上擺著她的零食。

維琪見沒有坐的地方了，便膩在了龍耀的懷裡，撒嬌的坐在他的腿上。

「老實一點！」

龍耀攙起維琪的雙腋，把她抱到了電腦桌上。

可維琪卻一點也不老實，竟把雙腿架在龍耀肩頭，擺出極具誘惑力的姿勢，道：「哥哥，好討厭！要玩老闆和秘書的扮演遊戲嗎？」

「咳……咳……」莎利葉在另一邊輕咳了起來。

龍耀趕緊端正臉色，嚴肅的道：「內褲露出來了。」

「人家是故意露給你看的！」維琪雙手把紗裙拉起，露出大腿間的小秘密，道：「藍白條紋內褲哦！我特別拜託阿姨買的，因為這是哥哥最喜歡的。」

「啊！妳怎麼知道我喜歡什麼樣的內褲？」

「因為我幫哥哥打掃房間時，在床下發現了不少收藏品。」

「咳、咳……」

龍耀被自己的唾沫嗆住了。

「哥哥好可愛啊！表面上一派成熟硬漢形象，但內心中還是青春少年啊！」

「呃……那是以前的收藏，現在早就不看了。」

「當然不用再看了，因為你現在有維琪了，想怎麼看都可以喲！」維琪扭動著纖腰豐臀，擺出各種性感撩人的姿勢。

莎利葉坐在對面吃著點心，雖然嘴裡沒有說一句話，卻滿臉鄙夷的望向龍耀。

龍耀尷尬的看向莎利葉，道：「外國小丫頭都這麼早熟嗎？」

莎利葉聳了聳肩膀，道：「別問我，我沒有童年。」

「哦！也對，妳一出生就比我大了。」

維琪嬌笑著挺起柔軟的身子，環起雙臂抱住了龍耀的脖子，道：「哥哥，你們在開什麼玩笑呢？」

龍耀掰開維琪白嫩的雙手，把她的身子擺正在桌子上，就像擺弄一個芭比娃娃。而實際上，維琪也的確像一個芭比娃娃，髮色、瞳色、身材都百分之百的符合。

「維琪，不要再裝了。我知道妳不是普通人，就像妳知道我不是普通人一樣。」龍耀嚴肅的道。

維琪被揭穿了小秘密，恐懼的眨巴著大眼睛，道：「呃，哥哥，你不要嚇我啊！」

「我是一名靈能者，莎利葉是墮天使。」龍耀的雙手交叉在下巴處，先介紹了一下自己的情況，然後才問道：「妳到底是什麼人？」

「我、我、我……」

「今晚，我遇到了魔法協會的人，她們稱妳為『第2012號母樹』。」龍耀觀察著維琪的表情，道：「妳最好不要對我撒謊，否則我就把妳送回去，我想加里・科林也許會喜歡看妳的內褲。」

維琪猛的夾緊了裙下的雙腿，柔弱的肩膀不自覺的顫抖著，剛才的性感嬌媚一掃而空，

「不，不，不要……」

「要或不要，要由我來決定。」龍耀冷冷的道。

「哥哥，我不是有意隱瞞的，我是怕真相暴露後，你不敢再收留我了。」維琪抹著眼淚，道：「我只是想體會一下普通人的生活。」

龍耀見維琪這次不像撒謊，便溫柔的為她擦了擦眼淚，道：「如果妳是擔心我會害怕魔法協會的權勢，那就完全沒有必要了。」

「可你沒有為我得罪魔法協會的理由。」

「我有我自己的正義，我的人生由我做主。」龍耀毅然決然的道。

莎利葉在對面嚼著巧克力，道：「魔法協會用活人做實驗，已經汙染了靈魂的潔淨，這是對我們的挑釁。」

維琪看了看龍耀和莎利葉，最後堅定的點了點下巴，道：「那從什麼地方說起呢？」

「從妳最初的記憶說起。」龍耀道。

「好吧！我剛記事的時候，大概有兩個月大……」維琪的瞳孔擴大開來，思緒飛回到了過去。

可龍耀馬上出言打斷了她，道：「慢著、慢著！妳是說妳兩個月的時候，就有記憶了？」

「對啊！」

「呃……好吧，算妳是天才好了。」龍耀已經見識過不少奇人，所以對「天才嬰兒」也能接受，道：「妳接著向下說。」

「哦！我兩個月大的時候，被包裹在子宮之中，眼前只有無盡的黑暗。」

「慢著、慢著！妳已經兩個月大了，為什麼還在子宮裡？」

「呃……十個月才會分娩生育，兩個月當然還沒出生啦。」維琪想當然的回答道。

龍耀此時才發現一個問題，原來他從一開始便理解錯了，維琪口中的「兩個月大」是指胎兒時期的兩個月，而不是嬰兒時期的兩個月。

受精卵在子宮內著床，經過第一個月的分裂，逐漸形成身體的雛形，到第二個月的末期，胚胎長到三釐米長，眼睛等器官開始形成。

也就是說，當維琪只有三釐米長的時候，她便擁有了心智和記憶。

龍耀的嘴角禁不住跳動了兩下，道：「難怪妳這麼早熟，原來是天生的啊！」

維琪噘了噘嘴，繼續道：「我六歲的時候，第一次見到光亮。」

「慢著、慢著！妳省略的太多了吧？」龍耀拍了拍桌子，道：「中間的六年零十個月，哪裡去了？」

「在六歲之前，我一直浸泡在營養液之中，處於一種半昏睡的狀態，所有的記憶都是黑暗。」

龍耀的眉頭皺了起來，道：「就像我拯救妳們時那樣，被裝在一個大玻璃罐裡？」

「是的！雖然我可以思考，但卻什麼也做不了。」維琪點了點頭。

「繼續說吧。」

「六歲前，我一直以為世界是黑暗的，直到有人把我從沉睡中喚醒。」維琪的大眼睛眨動了兩下，忽然放射出了明亮的光芒，道：「當我第一次看到陽光之時，我的心被光明震撼了，心臟幾乎停止了跳動。我徹底的愛上了陽光的明亮，雖然它讓我的眼睛刺痛異常，但我卻在痛苦中感到了希望。」

龍耀的嘴角抽搐了兩下，感覺這小丫頭太可憐了。

「我希望能一輩子生活在光亮中。」維琪的小臉上洋溢著喜悅，但又慢慢的被烏雲遮住了，道：「可是好景不長，我被喚醒之後，才知道我們都是實驗品。」

「妳們？」

「對！不只有一個我，而是有幾千個我。」

「幾千個妳？」

「對！但大多數都死在了玻璃罐中，最後只有九個人被成功喚醒，我們九人是一模一樣的。因為我的玻璃罐上寫著 2012 號，所以我被稱為 2012 號母樹。」

「那為什麼妳叫維琪？」

「維琪是加里．科林為我取的名字，九株母樹被分配給了九名魔法師，我就落入了加里．科林的手中。」維琪傷心的噘了噘嘴，又氣呼呼的說道：「加里．科林這人非常討厭，總喜歡把我裝回玻璃罐裡，一年只會為做體檢而喚醒一次。」

「『母樹』這個代號，是什麼意思？」

「我不知道。」維琪搖了搖頭道。

「那培養妳們有什麼用？」

「我也不知道。」維琪的小腦袋不停的搖著，可突然她又回憶起了什麼，道：「對了，我好像聽說過，當我十六歲時，就會派上用場了。」

「妳現在十四歲多一點，也就是說差不多還有兩年。」

維琪雙手環抱著肩膀，有些心驚膽戰的猜測道：「一回憶起來，就讓人覺得害怕，他們不會是打算在我十六歲那年，把我當作是性愛玩具強姦吧？」

龍耀伸手攙住維琪的雙腋，把她冰涼的身體抱進了懷裡，道：「安心吧！我想魔法協會沒那麼無聊，不會耗費十六年的時間，去培養一個性愛玩偶。」

維琪軟軟的躺在龍耀懷裡，道：「那他們打算對我做什麼啊？」

龍耀撫摸著維琪的金髮，說出了自己的第六感，道：「這裡面必定隱藏著一個巨大的陰謀。」

莎利葉嚼著糖果，道：「你預感到了什麼？」

龍耀平攤開右手掌，露出掌心的靈樹印記。

靈樹印記是靈能者的標誌，不同的靈能者有著不同的圖案。龍耀手中的靈樹印記是一株大樹上長著一張非常誇張的笑臉。

此外，龍耀的印記外還有一圈符文，那是與莎利葉締結契約的象徵，是其他靈能者不具有的圖案。

「我曾經思考了很久，這圖案到底是什麼意思？」龍耀晃了晃手中靈樹印記，道：「靈能者都是因靈種寄生而覺醒靈能的，那靈種應該是從某株靈樹上掉落下來的吧。」

「咦，你的意思是靈樹印記裡畫的就是靈種母樹？」莎利葉的眼睛一下子瞪圓了，她在龍耀的引導之下，不經意間說出了重要的詞，「靈種母樹……母樹……母樹……」

「對！我聽白冰提起母樹的一剎那間，我就預感維琪也許和靈種有關係。」

莎利葉點了點頭，剝開了一塊硬糖，輕輕的彈進嘴裡，道：「看來我們找到重要線索了。」

「最多再等兩年的時間，我們就能知道魔法協會想做什麼了。」龍耀一手環繞著維琪，一手輕輕敲著桌子，道：「不過，我們必須保護好維琪，她是我們唯一的籌碼。」

維琪噘了噘小嘴，道：「竟然把人家當作籌碼啊！」

「這只是一個比喻，妳不用太在意。」龍耀道。

「那可不行啊！萬一你利用完了，就把我棄之一旁，怎麼辦啊？」

「那妳想怎麼辦？」

「只想你答應一件事。」

龍耀喝了一口水，道：「說來聽聽。」

「兩年後，我們結婚吧！」

「噗——」龍耀把水噴了出去，道：「十六歲，妳還太小了。」

「可十六歲在英國，已經是法定婚齡了。」

「呃……到時候再說吧！」龍耀找藉口拖延道。

「可是！可是！」維琪見龍耀的態度堅決，便不悅的噘起了小嘴，唱道：「有心爭似無心好，多情卻被無情惱。好句有情憐夜月，落花無語怨東風。」

這一段引用了《西廂記》裡的臺詞，而且維琪沒有用普通話來講，卻是用了古代昆曲裡的唱腔。

昆曲成於元末明初之時，被稱為「百戲之祖，百戲之師」，其調韻與現代話有著巨大差異。但維琪竟然信口便來，而且唱得流暢道地，好像科班出身似的。

龍耀驚訝的看著維琪，道：「妳知道妳唱的是什麼？」

維琪眨了眨湛藍的大眼睛，有些害怕的搖了搖小腦袋，道：「不知道！」

「那妳為什麼能夠唱出來？還有妳中文是怎麼學的？」龍耀捏著下巴思索著，道：「我記得第一次遇到妳時，妳講的還是道道地地的英語。」

「我……我不需要學習。只要我的雙腳一踏上土地，就能瞬間吸收當地的文化。比如剛才的那一段唱辭，雖然我不理解具體的意思，但我知道是寄託哀思之情的。」維琪道。

龍耀扭頭看向了莎利葉，道：「就像大樹植根於泥土之中，自然而然的就能吸取營養了。」

莎利葉輕輕的點了點頭，道：「難怪魔法協會稱她為『母樹』，果然和大樹有幾分相似之處。」

龍耀摸了摸維琪的金髮，拉著她的手走出書房，望向還在看電視劇的沈麗，道：「媽，把維琪也收養了吧！」

「好啊！」沈麗隨口答應道。

林雨婷在一旁坐不住了，道：「媽媽，妳不要答應的這麼輕鬆啊！妳已經收養了艾憐，怎麼還想再收養一個？」

「無所謂啦！反正一隻羊是趕，兩隻羊也是放。」沈麗聳了聳肩膀道。

「唉，難道妳就不能認真點嗎？在實驗室裡的嚴謹態度，分一點在這裡多好啊！」林雨婷無奈的托住了額頭。

與垂頭喪氣的林雨婷相反，維琪歡快的撲進了沈麗懷裡，道：「謝謝媽媽，我最愛妳了……

我現在給妳做女兒，兩年後再做兒媳婦，好不好啊？」

「好啊！那我就可以抱孫子了。我早就聽人說了，混血兒都很漂亮。」沈麗笑著抱住了維琪。

「媽，妳想太多了，趕緊睡覺吧！」龍耀轉身回到了書房。

003 神秘網友

像以前的夜晚一樣，在家人都睡下之後，龍耀和莎利葉翻出窗戶，穿過人跡罕至的小巷，來到嚴寒刺骨的樹林中。這裡遠離城市的喧囂，靈氣充溢在天地間。

龍耀在老地方盤腿坐了下來，慢慢的打開身上各條靈脈，運行起「奪天地一氣」和「一氣化三清」。兩種截然相反的術法在龍耀的控制下，緩慢的融合成了一套循環往復的獨特異術。

莎利葉則坐在不遠處的樹椿上，吃著隨時帶在身邊的棒棒糖。

龍耀成為靈能者後，便不再需要睡覺了，而莎利葉則自始至終不知道睡覺是什麼，所以兩人在這寂靜的夜裡，成了最為融洽的伴侶。雖然他們之間沒有言語的溝通，但知道彼此在身旁就已經足夠了。

龍耀打坐了約有六個小時，天邊的啟明星升了起來。龍耀緩緩的收納起靈氣，周邊的林風隨之停止。

「走！今天，我們也會很忙的。」龍耀道。

「好啊！忙總比閒好。」莎利葉道。

龍耀先沿原路返回家中，悄悄推開了艾憐的房門。維琪和艾憐睡在一張床上，兩人像麻花似的抱在一起。

龍耀掀開被子的一角，想把維琪從裡面拖出來，卻發現這小丫頭竟然裸睡，白嫩的肌膚完全暴露了。

維琪感覺到了一絲寒氣，抽動著小巧玲瓏的鼻翼，慢慢的睜開了藍亮的雙眼。盯著龍耀看了一會兒，維琪的臉頰慢慢浮現出紅暈了，含羞帶笑的道：「男人果然都是禽獸！在人前裝得正人君子，人後還不是想要夜襲我。」

「臭小丫頭，我不是給妳買睡衣了嗎？」龍耀道。

「穿著衣服睡覺不舒服啊！我在玻璃罐裡已經裸睡習慣了。」

「快起來。」

「討厭啦！看把你心急的。已經等不到兩年後了，現在就想吃掉我嗎？」維琪拉被子蓋住了臉蛋，在下方支支吾吾的道：「好吧！如果是哥哥的話，我隨時都可以喲！不過，我有一個要求，就是做時不能開燈啊！開著燈，太難為情了——」

「妳這個小潘金蓮，還知道難為情啊？」龍耀不由分說揪出維琪，將一件運動衣套在她身上，道：「走！鍛鍊去。」

「啊！不是要親熱嗎？」維琪有些尷尬的道。

「親妳個頭啊！」

龍耀拉著哆哆嗦嗦的維琪，和莎利葉一起走出家門，小跑著來到胡培培家前。胡培培住在一幢高檔公寓樓內，龍耀像是壁虎似的攀上了筆直的樓壁，「叮叮噹噹」的敲響了臥室的窗戶。

胡培培正趴在床上睡懶覺，連被子掉在地上都不知道。忽然，她聽到窗戶上傳來響聲，便睡眼迷離的看了過去。

「啊！」胡培培尖叫了一聲，扭身翻滾到床下去了。

「真沒用！」龍耀無奈的搖了搖頭，從袖口彈出一根針灸針，輕鬆的撬開了防盜窗鎖。

龍耀翻身來到臥室內，踢了踢趴在地上的胡培培，道：「起來晨練了，懶蛋！」

「啊？」胡培培有些不知所措了。

「我們將會面臨強大的敵人，而妳的身手實在是太差了，所以我要抓緊時間訓練妳。」

「我、我、我才不想摻和那些事呢！每次跟你在一起，結果都是開胸破腹。」胡培培道。

「妳沒有拒絕的權利。」龍耀不由分說揪住胡培培的睡衣領，道：「要我幫妳換衣服嗎？」

「咦？你、你、你不要亂來，衣服讓我自己換。」胡培培緊張的按住衣領道。

「哼！有什麼好緊張的，我又不是沒看過妳的身體。」

胡培培的臉頰忽然變得通紅，拿起鵝毛枕頭拍打著龍耀，道：「討厭！滾出去，滾出去……」

龍耀被拍了一頭鵝毛，躲閃著跳出了臥室，道：「切！妳當我喜歡看啊？長著一副平胸，有什麼可看的。」

忽然，另一間臥室的門邊傳來一聲驚訝，「啊！龍耀……」

龍耀尷尬的扭頭看過去，看到了穿著睡衣的丁文佳。丁文佳是胡培培的媽媽，與做警察的老公離婚後，就一直獨立照顧著女兒。她的職業是律師，曾經幫助過龍耀。

「啊……阿姨，早上好。」龍耀道。

「哦，早上好。」丁文佳習慣性的應答了一聲，馬上又想到情況有些不對勁，道：「呃，不對！什麼早上好啊？你怎麼從培培的房間裡出來了？」

「這個嘛……」

「你不會是昨晚就住在這裡吧？」

「不！不！我是今早才來的。」

丁文佳狐疑的看向防盜門鎖，剛要問他從哪裡進來的時候，胡培培急匆匆的衝了出來，跟媽媽胡亂打了一聲招呼後，就拉起龍耀像旋風似的衝出家門。

站在電梯間裡，胡培培喘息著道：「你不要亂來啊！會嚇壞我媽媽的。」

「放心！我看她膽子挺大的。」龍耀無所謂的道。

莎利葉和維琪就等在公寓樓下，旁邊還有一輛雙人騎的自行車，那是龍耀從海邊旅遊區租來的。

龍耀和莎利葉跨上了雙人自行車，然後催促胡培培和維琪跑了起來。

「快跑！快跑！長跑是一切運動的基礎。」龍耀騎著自行車，跟在兩人的身後，道：「今天

跑完十公里，否則不准休息。」

「那會跑死人的。」胡培培道。

「放心吧！妳是不死之身。」

「啊！」

與絕望的胡培培不同，維琪倒是一臉的興奮，道：「我就把這當成產前鍛鍊吧！希望將來能為哥哥生一個健康的寶寶。」

「喂！妳想得太多了。」龍耀無奈的道。

胡培培拿龍耀沒轍，同樣龍耀也拿維琪沒轍，就是所謂的「鹵水點豆腐，一物降一物」。

在龍耀的逼迫之下，兩人跑完了十公里。然後，莎利葉帶維琪去了甜點店，如無意外會一直待到龍耀放學。龍耀和胡培培騎上雙人自行車，從校後的小巷處翻牆進了學校。

這時候，太陽才剛剛升起來，教學樓裡空無一人。龍耀再次使用針灸針，捅開了層層的房門，最後來到一間教室中。

胡培培像一隻海蜇似的，軟趴趴的倒在了座位上，呼哧呼哧的喘著粗氣。

龍耀翻了翻自己的書包，從裡面拿出兩本參考書，道：「今天把這兩本書背下來。」

胡培培看著厚厚的參考書，面部肌肉發出一陣抽搐，道：「啊！為什麼啊？」

「因為三天後就是期末考試了，以妳的弱智頭腦和懶散程度，我完全可以預測出妳的成績。」

「反正我又不想上大學，就算考零分也無所謂。」

「妳必須去上大學，還要跟我上同一所。當然，考慮到妳是個笨蛋，我會選一所不太難考的。」

「為什麼啊？」

「因為妳是我的助手，必須永遠與我在一起。」

此時，有幾名女學生陸陸續續的進入教室，她們看到了不屬於這個班的龍耀，既好奇又膽怯的打量著他。龍耀是在四個月前成為靈能者的，也是從那時起變得聲名鵲起的。

學校的師生們突然聽說，高二某班出現了一個傳奇，原本全班倒數第一的問題生，轉眼間成了全市第一名，而且還變得琴棋書畫樣樣精通。這使得學生們熱衷於探聽他的故事，都想知道這其中到底有什麼秘密。但是另一方面，龍耀的桀驁不馴和特立獨行，也讓同學們不敢輕易的接近他。

龍耀回頭看了一眼指指點點的女生，雙瞳中放射出水晶折射般的清冷光輝，嚇得對方立刻噤若寒蟬般的閉嘴了。

「妳今天不必去聽老師的課了，只要默背這兩本參考書就行了，尤其注意我劃過紅線的地方。」龍耀道。

「如果背不下來呢？」胡培培擺出死豬不怕開水燙的姿態。

「那我就拖妳去警局，讓妳爸來找個房間。對了！就找上次那個審訓室好了，我和妳爸會陪妳一起溫書的。雖然這有點濫用職權，但為了女兒的未來，我想他會欣然同意的。」龍耀冷笑著離開了。

胡培培的爸爸是刑警隊長，離婚後一直很思念女兒。但他是一個莽撞的大老粗，表現父愛的方式很激進，這讓胡培培非常害怕遇到他。

「啊！你這個魔鬼——」胡培培發出了絕望的慘叫聲。

龍耀轉身回到自己的教室，看到班長坐在他的座位上，脖子上垂著一枚平安玉墜，在陽光中閃爍著溫暖的光。

「班長，早上好啊！」龍耀道。

班長的秀眉皺了起來，道：「怎麼又叫我班長啊，難道我沒有名字嗎？」

班長的名字叫做葉晴雲，是一名健康活潑的美少女。不過現在戴著笨重的眼鏡，穿著大一號的肥大校服，把她的青春靚麗完全遮住了。

葉晴雲之所以要這樣打扮，因為她也是一名靈能者，而且資歷比龍耀更長，她不希望太惹人注目。她的靈樹印記是一株哭臉的大樹，就隱藏在她那雙修長健美的大腿之間。

「有什麼事嗎？」龍耀坐到了旁邊的座位上。

龍耀和葉晴雲其實是鄰桌，兩人現在等於交換座位了。

「聽說，你今天和胡培培一起來上學的？」葉晴雲雖然用疑問口氣，但無疑已經完全肯定此事了。

「妳的消息倒挺靈通的。」

「你想做什麼啊？」

「我要把她訓練成能夠獨當一面的助手。」

「以她的資質，行嗎？」

「她的確是一個笨蛋，但卻好在心性單純，我可以放心的相信她。」

「難道你不相信我嗎？只要你加入靈樹會，要多少助手都可以。」葉晴雲是靈能組織——靈樹會的成員，幾個月來一直在勸說龍耀加入組織。

「我相信妳，但我不相信靈樹會。」龍耀的眼中閃過一絲陰霾，道：「我永遠無法忘記兩個月前，我被張鳴啟和枯林會前後夾攻的時候，靈樹會的援軍竟然臨陣要挾我，這樣的組織讓我無法信任。」

枯林會也是一個靈能組織，一直與靈樹會對抗，同時與龍耀也是敵對關係。

葉晴雲的臉上泛起一絲難堪，道：「關於那件事，我十分抱歉。我也沒有想到上級竟然會做出那種不通情理的命令。」

「哼！現在無所謂了。」龍耀雙手抄到了胸前，道：「不過將來有一點，妳要有心理準備。」

「什麼？」

「等我培養起自己的勢力後，靈樹會可能會容不得我，到時如果我們開戰的話，妳準備好與我敵對了嗎？」

「呃……」葉晴雲大吃了一驚，道：「不會的，不會的。」

「什麼不會？」

「我們不會處於敵對立場的，只要你堅持著正義的方向，那永遠都會是靈樹會的同伴。」

「那可不一定！」龍耀望向了窗外的天空，目光忽然變得無限深邃，道：「正義和正義是不同的，當兩個不同的正義對撞時，只有勝者才會成為最後的正義。」

「龍耀，你不要嚇我啊！」

「呵呵！我只是說『可能』，妳也不用太擔心。」龍耀用微笑安慰著葉晴雲，但他內心中卻明白，這種「可能性」非常的大。

「這太可怕了！」葉晴雲用力捧著胸口，雙手壓著躁動的心臟，腦中一片混亂無緒。

這一天裡，葉晴雲一直在思考這件事，幾次因走神被老師點名。而龍耀卻因為一貫的不遵守紀律，老師早就不願管他在課堂做什麼了。

老師講的那些知識，龍耀早就爛熟於心。之所以他還老實坐在課堂上，全是因為怕班導師向家長告狀，然後他會被沈麗以奇怪的方式懲罰。

龍耀每天在課堂上的事情，就是擺弄手中的智慧型手機，看一下龍林高科的帳目情況，並留意國際市場的走向。偶爾，他也會上網聊天，結識一些網友。

在眾多網友之中，最讓龍耀在意的是個女孩。那個女孩的ID是Toomi，她是主動聯繫龍耀的，也不知是怎麼得到龍耀帳號的。雖然兩人結識不到兩個月，但卻好像從小長大的玩伴，因為Toomi時常會提到龍耀的過去，甚至一些連龍耀都記不清楚的事情。

Toomi的資料寫著六十八歲，愛好是動漫、音樂和舞蹈，擅長的東西是驅魔和預言，職業欄裡寫的則是「神」。

龍耀經常在上課時與她聊天，並不覺得她真的是六十八歲的大媽，反而感覺像是涉世未深的少女。但她的預言的確很神奇，給過龍耀好幾次忠告。

今天，Toomi又一次做出了預言，告訴龍耀會有災劫。龍耀的眉頭皺了一下，打字詢問具體的情況。

但Toomi卻告訴龍耀，道：「你不要想著去改變，如果你能改變的話，那我早就預測到了。」

「還有什麼忠告要給我？」

「忠告是不可著急，步步為營，順其自然，便會逢凶化吉、否極泰來。」

「那還好！妳給了我這麼多忠告，我該怎麼感謝妳呢？」龍耀琢磨著措辭，小心翼翼的試探道：「我們是不是可以見一下面啊？」

龍耀的第六感告訴他，Toomi不是一個普通人，也許會成為他的一大助力。

「很快，你就有機會感謝了我，同時你也可以見到我。」

「哦！在哪裡？」

「在日本。」

「咦——妳是日本人嗎？」

「去訂四張五天後的機票，目的地是東京國際機場。」Toomi打完這一段字，頭像便暗淡了下去，這表明她已經離線了。

龍耀捏著下巴沉思好一會兒，等決定好一同前往日本的人選後，便打電話去龍林高科找秘書處理機票的事。

放學後，龍耀本想趕緊離開學校，但葉晴雲攔在他的面前，一定要留他談談未來的打算。

兩人面對面的坐在教室裡，因為旁邊還有很多普通學生，所以只能先聊一些家常瑣事。

「妳姑姑的病怎麼樣了？」龍耀問道。

葉晴雲的姑姑葉可怡，是一名高等級靈能者，是靈樹會在本市的聯絡人。三年前，她在參加靈種之戰時，被枯林會的人切斷了靈脈，腰以下的肢體沒有感覺了。因為葉可怡曾經幫過龍耀幾次，所以龍耀願意為她用針灸醫治。

「現在已經能站起來了，這全都是你的功勞啊！」葉晴雲道。

「伏羲九針，果然名不虛傳。」龍耀抖了抖衣袖，從袖內掏出九針，擺放在課桌上。

就因為這九根針，龍耀才惹上了魔法協會；也因為這九根針，龍耀才得到了重要的維琪。

龍耀的腦海中剛浮現出維琪，立刻聽到一個清脆的聲音：「哥哥，你在想人家嗎？」

「呃！」龍耀大吃了一驚，身子抖動了一下，心道：「這是怎麼搞的？難道那小丫頭真的進入我心中了？」

不過，葉晴雲的表情馬上糾正了龍耀的錯誤推斷，她面色緊張的探頭望向教學樓的下方。

現在正是學生放學離校的高峰時刻，校園裡湧動著如潮水般的人流，俯瞰下去全是黑壓壓的人頭。但在教學樓的正門處卻有一個空心圓，像是人潮之中的一座孤島似的，所有的學生都自動的避讓開來，圍繞在圓圈的邊緣好奇的觀瞧著。

維琪站在「孤島」的正中央，雙手圈成喇叭狀大聲叫著。莎利葉則站在她的身後，手裡握著兩只甜筒。金髮和紫髮的兩個歐裔小女孩，突然出現在滿是黑髮的學校之中，的確非常的扎眼。

「哦！我的天！」龍耀拍了拍額頭，趕緊衝到樓下去。

等龍耀分開人群，來到兩人面前時，值班老師已經站在那裡了，而今天的值班老師正是龍耀的班導師。

「龍耀，你來的正好，她們是誰啊？」班導師問道。

「啊！親戚家的小孩。」龍耀隨口答道。

「什麼親戚啊？」

「呃……大概是媽媽的表妹的二舅的爺爺的……」

「停、停！我不想聽你胡扯了，總之明天叫你家長來。」班導師雙手扠腰，道：「最近你是越來越不遵守紀律了，我已經幾次讓你叫家長來了，這一次你一定要把家長帶來，否則我就……」

在班導師教訓人的時候，龍耀卻在忙著教訓維琪，「最近妳是越來越不聽話了……」

「喂！龍耀，你有聽我說話嗎？」班導師怒喝道。

「啊！在聽、在聽。不過，今天已經不早了，我還要復習功課，老師明天再見。」龍耀也不管班導師的臉色，擁著維琪和莎利葉逃出了學校。

「真、真、真是氣死我了。」班導師的氣還沒有理順，又見葉晴雲旋風似的衝過來，道：「喂！在校園裡不准奔跑。唉！怎麼連學生幹部也不遵守紀律了？」

胡培培在這時慢悠悠的逛了出來，一雙布滿血絲的眼睛像鬥牛似的，這都要拜那兩本參考書所賜。

班導師回頭一眼看到了胡培培，還以為胡培培是在瞪他呢，便沒好氣的道：「妳想幹什麼？」

「滾開，胖子！老娘我今天很不爽。」胡培培本來就是「小太妹」，跟老師的關係非常緊張，此時更是憋了一肚子的怒氣。

大多數的老師不願意招惹胡培培，都暗中希望她能像從前那樣天天曠課。但誰知最近這兩個月來，胡培培每天被龍耀拉來學校，這給那些老師帶來不小的壓力。

班導師只是想隨便教訓一句，以為胡培培會充耳不聞的走掉，可誰知她竟然當著學生的面罵了他。當下，班導師的面子就有些掛不住了，圓滾滾的大腦袋一陣血氣翻湧，張嘴就準備給她一個退學的處分。

可就在這個時候，一只冰淇淋甜筒飛了過來，塞進了班導師大張的嘴裡，讓他的大腦冷卻了下來。

看熱鬧的學生自動分開向兩側，扭頭看向冰淇淋飛來的方向，龍耀又從門外走回了校園中，身上散發著無與倫比的靈氣，無形之中震懾住了在場的每個人。

「胡培培，趕緊向老師道歉。」龍耀以不容置疑的口氣道。

「呃！可是……」胡培培還有些不情願。

「趕緊道歉！」龍耀加重了口氣道。

「哦！對不起，剛才是我失言了。」胡培培戰戰兢兢的道。

龍耀又扭頭看向班導師，露出一張玩世不恭的笑容道：「老師，對不起，她上課睡覺睡糊塗了，您大人別記小人過。」

「我才沒睡覺呢！都是被你的參考書煩的。」胡培培低聲嘟噥道。

龍耀揪住胡培培的後衣領，拖著她走向了學校大門，道：「那妳看完參考書了嗎？」

「只看完半本。」

「看來今晚妳得熬夜了。」

「啊！不——」胡培培慘叫著，消失在了校門外。

這時候大家才喘上一口氣，對於剛才被震懾的情況，都有一種說不出的感覺。班導師也長舒了一口氣，借坡下驢就此躲回了教師辦公室中。

004 袖裡藏龍

混雜在熙熙攘攘的人流之中，龍耀五人沿著大路慢慢走著。

龍耀舉起拳頭來，敲了一下胡培培的頭，道：「就會給我惹麻煩。」

「哼！」胡培培不高興的嘛起了嘴。

龍耀拍著維琪和莎利葉的頭，道：「還有妳們兩個臭小丫頭，為什麼不在甜點店裡等我？」

「人家想哥哥了嘛！一秒鐘也等不急了。」維琪撒著嬌道。

「唉！沒一個能讓我放心的。」龍耀長嘆一聲道。

葉晴雲跟在四人的後方，嘴巴左左右右的來回嘛，道：「這就是你要培育的勢力嗎？我看你還是不要浪費時間了。」

龍耀不願多做解釋，只道：「合抱之木，生於毫末；九層之臺，起於壘土；千里之行，始於足下。」

如果龍耀說出別的話，葉晴雲還想辯論一番，但龍耀卻沒有從正面反駁，只是從側面引用古賢之語，這讓葉晴雲頓時不知如何應對。

葉晴雲低頭思索著反駁之語，腳步還在慣性的向前移動著，沒有注意龍耀已經站定，所以一頭撞在了他的後背上。

「啊！」葉晴雲的身體失去平衡，向著後方仰倒了下去。

龍耀如幻影似的向後閃身，一把扶住了葉晴雲的纖腰，道：「看來，妳也不見得比胡培培聰明多少嘛！」

「哼！你幹嘛突然停住啊？」葉晴雲捂著碰痛的鼻子道。

「妳沒有感覺到嗎？」

「咦？」葉晴雲扶著龍耀的肩站起，仔細的辨識空氣中的訊息，忽然感應到一團繚亂的靈氣。

「有玄門中人在附近動手。」莎利葉警惕的道。

維琪明顯也覺察到了異樣，緊緊的抓著龍耀的手不放。但胡培培還是一臉的傻相，什麼東西也沒感覺到。

龍耀慢慢的打開第六感，像是雷達似的掃描周圍。在這一瞬間，四周的一切都靜止住了，準備起步的汽車、正在拍翅的麻雀、鼓嘴吹哨的交警、將要變色的信號燈，都變成了定格的畫面。下一秒鐘，信號燈突然變成了綠色，交警的口哨吹響了起來，幾隻麻雀驚慌的飛上天空，汽車冒著青煙駛過了白線。

龍耀的第六感也在同一瞬間收回，道：「我感覺到了張鳴啟的靈氣。」

「咦！那個想要你腦袋的道門叛徒？」葉晴雲驚訝道。

「就是他，但他的氣息非常的亂。而且還有另外幾股靈氣，好像正在聯手逼殺他。」龍耀捏著下巴思索了一下，道：「如果我推測的沒有錯的話，看來是道門前來清理門戶了。」

「那我們趕緊離開吧！別攪和進道門的廝殺中。」葉晴雲道。

「哼哼！說什麼呢？」龍耀的嘴角露出了一抹冷笑，道：「現在正是我報仇雪恨的好時候。」

「啊！你……」

龍耀伸手叫停了一輛計程車，一看這司機竟然還是認識的。兩個月前，胡培培的頭被惡龍咬斷之時，龍耀乘坐的計程車也是這一輛。

「喲！大叔，又見面了。」龍耀道。

司機看了龍耀好一會兒，忽然想起兩個月前的事，腳踩油門就想加速逃走。但龍耀先一步動手了，把手按在了汽車的頂蓬上，壓制住了發動機的動力。

「大叔，不要急著走嘛！」龍耀摸了摸口袋，掏出了十張大鈔，道：「這車我包了。」

「有什麼事啊？」大叔習慣性的檢查每一張鈔票的真假，然後又蘸著唾沫點了十幾遍。有道是「人為財死，鳥為食亡」，大叔一看有大錢可賺，就把危險給忘掉了。

「你載上我這個妹妹，再去小學接另一個妹妹，然後把她們兩人安全送回家。」龍耀拉過維琪，不由分說塞進了車裡。

「她會說中國話嗎？」大叔擔心的看向維琪。

「說得比你好。」龍耀道。

「哦！那就沒問題了。」大叔安心的拍了拍胸口，口袋裡的鈔票讓他很舒暢。

「把你的身分證給我看一下，還有手機號碼也留給我。如果你能認真負責的話，以後每天都由你接送我妹妹。」

大叔把證件遞了出去，道：「那價錢呢？」

「跟今天一樣。」

「啊？每天都是十張大鈔？」大叔驚訝的道。

「對！」龍耀點了點頭，看了一眼身分證，道：「廢柴？好奇怪的名字啊！」

「什麼『廢柴』？是費財。」

「啊！你的年齡才三十五歲嗎？我還以為五十五歲了呢！」龍耀驚訝的叫道。

「我的臉有那麼老嗎？」大叔摸了摸下巴上的鬍渣道。

「呃……好啦、好啦！總之把我妹妹安全送回家。」龍耀關上車門，揮手道別了維琪。

在龍耀尋著靈氣追過去之後，一輛麵包車慢慢的停靠在路邊。這是一種最便宜的車型，所以龍耀並沒有在意。但如果龍耀知道這裡面坐著的是誰後，那他一定會對自己的大意而後悔萬分。

加里‧科林、邁內克、白冰、瓦爾基里擠在麵包車內，透過黑色的有機玻璃注視著龍耀的一舉一動。

「為什麼開這種破車啊？」白冰很不舒服的伸了伸腿，但鞋子碰在了前排座位上。

「如果開豪華轎車的話，一定會被龍耀發現的。」加里．科林與龍耀交鋒數次，已經很瞭解龍耀了。

「龍耀和維琪已經分開了，我們現在動手搶人嗎？」白冰道。

「龍耀絕對不好對付，他雖然和維琪分開，但是卻把維琪交給了一個普通人。我們現在位於東方的土地上，這裡的戒律是由道門來主持的，我可不想再惹得道門中人出手了。」加里．科林說道。

「那怎麼辦？」

「哼哼！龍耀雖然智慧超群，但百密終有一疏。我已經雇傭了普通人，讓他們動手綁架維琪。」加里．科林的嘴角露出了陰笑，道：「那麼這就只是一樁普通的綁架案了，東方道門也沒有什麼話可說。」

「哼！骯髒的手段。」白冰的紅眼睛裡閃過一絲鄙夷。

加里．科林氣得牙根一陣酸癢，但還是忍著沒敢當場發作，只道：「我們回去吧。」

邁內克點了點頭，準備調轉車頭，沿原路返回。可忽然，白冰感應到了什麼，道：「慢著！

我感到四周的氣息有變，似乎東方玄門的人在內鬥。龍耀大概也想加入這場戰鬥，我們過去看看是什麼情況。」

邁內克看了加里．科林一眼，在得到他的點頭示意之後，便向著龍耀的方向開去。

張鳴啟本是道門四大名鋒之一，握有道門至寶——禹王斬龍劍，擅長道家蜀山一派的馭劍術。

他在道門中享有崇高的地位，但這仍然無法滿足他的野心。在得知龍耀習得「一氣化三清」後，他便想用搜魂吸魄的邪術奪取，他的師兄李洞旋拚命阻止，卻差點死在他的劍下。但龍耀卻成功挫敗了張鳴啟的計畫，同時張鳴啟也被道門列入了叛徒之列。

如今，道門派出五名高手，在李洞旋的帶領下，前來清理門戶了。

張鳴啟在與龍耀的戰鬥中，內臟受到了連番重創，兩根右手指也被斬斷了。幸虧他被徒弟艾威救了起來，這兩個月一直藏在城市裡養傷。但是天網恢恢，疏而不漏，張鳴啟的下落還是被發現了。

五名道門高手先一步衝了上去，用劍將張鳴啟藏身的小屋刺穿。與此同時，一道罡氣激射而

出，張鳴啟用真氣炸裂了水泥小屋。

雖然張鳴啟手指殘缺了，但馭劍術依然非常犀利，揮手便劈出了一道劍氣。劍氣沿著地面前進，將水泥地板一分為二。

兩名道門高手聯手舉劍，交叉寶劍格擋下了劍氣。另三人趁機躍過張鳴啟的劍氣，分左中右三路揮劍刺來。

「哼！道門總壇太看不起我了，竟想派這種廢物來殺我。」張鳴啟振了一下肩膀，三道真氣自腳下射出，分別斬傷了三位道門高手。

趁此機會，張鳴啟撿起床頭的一個銀色密碼箱，向著五名道門高手的方向一揮。禹王斬龍劍就放在密碼箱內，密碼盤發出一陣「卡嚓嚓」的轉動之聲，同時橫掃出一道金黃色的劍氣。

金色劍氣以勢不可當之勢，在張鳴啟身前劃了一個半圓，將所遇到的東西全都一分為二，大樹、路燈、牆壁全在金光中爆裂。五名道門高手一起揮出寶劍，硬格擋在張鳴啟的劍氣之上，但五把寶劍卻同時崩斷了。

眼見五名道門高手要斃命當場，忽然一件畫滿符篆的大氅飛出，鋪天蓋地一般落了下來，將金色的劍氣包裹在軟布之下。

下一秒鐘，大鷲又飛舞起來，直落向一人的肩頭。李洞旋如乘雲而來的仙人一般，抬手將符篆大鷲穿回身上，然後輕飄飄的落在了斷樹之上。

親如手足的師兄弟再次相見，但這次卻是為了取對方的性命，兩人的內心都禁不住有些傷感。

「師弟，你犯下大錯，總壇已下令，要清理門戶。」李洞旋強忍著哀傷，道：「但如果你願束手就擒，師兄願為你向總壇請罪，讓總壇再給你一次機會。」

「師兄，已經晚了！我已經不能回頭了。」張鳴啟長嘆了一聲，道：「我只恨低估了龍耀的實力，如果當時我能準備的再充分一些，那……」

「唉！師弟，事到如今，你還不肯悔過，那就休怪師兄無情了。」李洞旋飛身越過眾人，劈出雷霆萬鈞的一掌。

張鳴啟不敢和師兄硬拚，提著密碼箱向後躍出。剛才立腳的地面頓時爆碎，地上出現了一個大手印。

李洞旋藉著這一掌之力，身子又飛旋回了半空中，接著又向前拍出了一掌。掌氣排山倒海一般襲來，在小巷裡捲起了一道狂暴的罡風。張鳴啟隨著碎石一起飛出，翻滾著摔落在外面的路上。

五名道門高手見狀，一起握著斷劍追了上去，準備結果掉這個叛徒。但李洞旋卻突然降落下來，平伸雙手將眾人阻擋在小巷的出口處。

「李真人，你這是什麼意思？」一人不解的問道。

「不要忘記了玄門的第一戒律，玄術不可在普通人面前使用。外面的那條路是交通要道，有很多路過的普通市民。」李洞旋道。

「那現在怎麼辦？」

「今天就到這裡，回去從長計議。」李洞旋道。

張鳴啟從碎石堆裡爬起來，狼狽的衝向了熱鬧的大路，希望隱藏進熙攘的人流之中。但當他站在大路中央時，突然發現四周的情況有些古怪。

原本喧譁熱鬧的馬路，此刻變得空無一人，周圍寂靜得讓人膽寒。

張鳴啟放眼望向大路的前端，見下水道井正噴出濃厚的水霧。原來是供熱管道破碎了，所以道路交通被封鎖了。

下水道井像是連環噴泉似的，一個接一個的噴湧了起來，直至將上方的天空也遮擋住了。一個身影從白霧之中慢慢走來，他的手裡還握著一把沾水的消防斧。

隨著那個身影不斷靠近，張鳴啟的雙瞳突然一縮，顫抖著叫道：「龍——耀——」

龍耀重重的揮起消防斧，砸進最後一個下水道井，井口處立刻噴出熱蒸氣。

「張鳴啟，我們又見面了。」龍耀道。

張鳴啟驚恐的向後退了兩步，但突然感覺身後也傳來壓力。莎利葉一手握著棒棒糖，一手拖著死神鐮刀，將另一邊的供熱管道也砸碎了。

這條路的供熱管道被全部破壞，估計要花幾個小時才能控制外洩。在這與外界隔絕的幾小時中，這條路便成為了普通人的禁區。

「唉！早知道會這樣，還不如死在師兄手中。」張鳴啟咬緊了牙關，雙手緊握著密碼箱。

「李洞旋是不會殺你的，因為他一直顧念舊情。那老道士簡直就是一個古董，真不應該生活在現代。」龍耀微笑著道。

「可惡啊！」張鳴啟咬緊了牙關，準備做最後的一搏。

龍耀看向莎利葉，道：「妳不要出手，讓我試試自己的實力。」

莎利葉輕點了一下頭，將死神鐮刀插在地上，道：「小心他的禹王斬龍劍。」

「知道了！」龍耀的雙手在胸前一轉，劃出一個太極八卦圖，靈氣也開始運轉起來。

張鳴啟見逃不過這一戰，也準備使出渾身解數了，豎起殘缺了兩指的右手，擺出一個不完整的劍訣，體內的真氣也提升到了極限。

「張鳴啟，接招吧！」龍耀向前邁出了一步，同時抖了一下右手腕。

三根針灸針彈射了出去，直取張鳴啟的胸前命脈。張鳴啟看到針灸針上沒有勁道，便猜到了這是龍耀的虛招，所以只用了三分功力輕輕的推擋開。

接著，張鳴啟反守為攻，揮劍氣斬向龍耀。龍耀向著旁邊輕輕一閃，然後彈動了一下三根手指，三根手指如同撥弦一般，將細微的靈氣釋放出去。

與此同時，開始彈出的三根針灸針，竟然在半空中轉了一下彎，刺向張鳴啟背後的大穴。

張鳴啟本想趁著劍氣開路的機會，用禹王斬龍劍斬開一條逃生之路。但他不愧是道門四大名鋒之一，惡鬥之中仍然察覺到了龍耀細微舉動，繼而又發現了三根轉頭返回的針灸針。

張鳴啟趕緊收納起真氣，雙手舉起銀色密碼箱，轉身向著針灸針一擋。

「噹——噹——噹——」三聲響，針灸針射在了密碼箱上。

龍耀趁機猛的向後一收手，差點將密碼箱拉拖過來。張鳴啟趕緊沉下丹田氣，將雙腳如根似的扎在路上，這才險險的抵擋住了龍耀這招。

兩人隔著二十米站定，龍耀抬手做出拉扯狀，張鳴啟則是回抓的姿勢。在兩人的中間有一片禁區，犀利的靈氣正在那裡牽扯。一隻不識趣的小鳥飛了過去，順利的飛過兩人中間之後，突然分裂成四段掉落在地上。

原來在兩人之間的透明地帶，竟然有三根細細的絲線，如刀一般的分割開了空間。這種絲線是龍耀製造的，是將體內的靈氣實體化的結果，龍耀為其取名為「龍涎絲」。

龍涎絲原本只是用來做牽制的，在實戰中很難發揮出殺傷效果。但龍耀自從將「奪天地一氣」和「一氣化三清」結合後，便試著將自己的所有能力都統合成一體。經過兩個月的不懈努力，龍耀終於將「龍涎絲」和「針灸針」結合，用從手指射出的龍涎絲捆住針灸針尾，然後遠距離的操控針灸針做精確打擊。

龍耀本想用這種出其不意的招式，一招之內就取得戰場上的優勢，但可惜他面對的是張鳴啟。張鳴啟是道門的四大名鋒之一，劍術早已達到了出神入化之境，尤其擅長遠距離操控武器，所以才從蛛絲馬跡中找到龍耀的破綻。

但是，即使張鳴啟擋下了龍耀的招式，內心的震撼還是非常大的。張鳴啟沒有想到短短的兩個月時間，龍耀竟然悟出了這種遠距離馭針之術，這與他的蜀山馭劍術只有一步之遙了。

「難怪師兄一定要保護你，還要收你進入道門總壇。」張鳴啟長嘆了一聲，道：「可惜我們兩人已經反目，否則我一定將馭劍術傳授給你。」

「哼哼！你也配做我的老師嗎？」

「呵呵！那我就讓你見識一下真正的馭劍之術！」張鳴啟震開了針灸針，將真氣施加在密碼箱上。

密碼箱發出一陣清脆的響聲，密碼盤如飛輪似的旋轉起來。一道金色的劍光突然激射出來，將堅硬的馬路割開了一道深深的大溝。大溝像一條土龍似的向前延伸，一直貫入了龍耀立腳的地方。

下一秒鐘，瀝青路面如沸湯一般的躍動，十道細小的金光從地上炸射出來。龍耀拔腿飛躍到半空中，十指向下彈出了十根龍涎絲，絲線的一端都捆綁著一根針灸針。

針灸針對撞在金光之中，發出如玻璃似的清脆聲響。針灸針瞬間折斷在了金光中，細小的金光化作飛劍，擦著龍耀的身體飛射向天空。

「哼哼！還沒有結束呢！」張鳴啟翻身到半空中，拿手指向腳下一掃。一柄金色的光劍出現在他腳下，載著他如火箭一般直撞向龍耀。

「龍耀，小心！」莎利葉踢了一腳死神鐮刀，鐮刀從瀝青路裡彈了出來。

龍耀抹了抹臉上的血花，道：「不要出手。」

莎利葉緊握著鐮刀的手，指節間發出了一陣脆響，最終還是把刀插回了原地。

龍耀似慢實快的打開了第六感，周圍的景物再次變成靜止的。他冷靜的觀察著張鳴啟的飛行軌跡，感應著馭劍術所散發出的靈氣，推測這種玄術的優勢和破綻。

忽然，龍耀的眼睛裡閃過一絲亮光，靜止的景物再次運動起來，金色的劍色瞬間已經來到身前。

龍耀雙手交叉著將十指向袖口一伸，龍涎絲又捆綁住了十根新的針灸針。等到張鳴啟的馭劍飛行術駛近之後，龍耀突然將雙手交纏成太極的合抱之勢，將十根針螺旋形的放射出去。

「雕蟲小技。」張鳴啟策劍避開了針灸針，一劍刺在龍耀合抱的雙手之間。

就在這一瞬間，龍耀猛的將雙眼睜到最大，眼角向外側流淌出兩道清光，道：「奪天地一氣。」

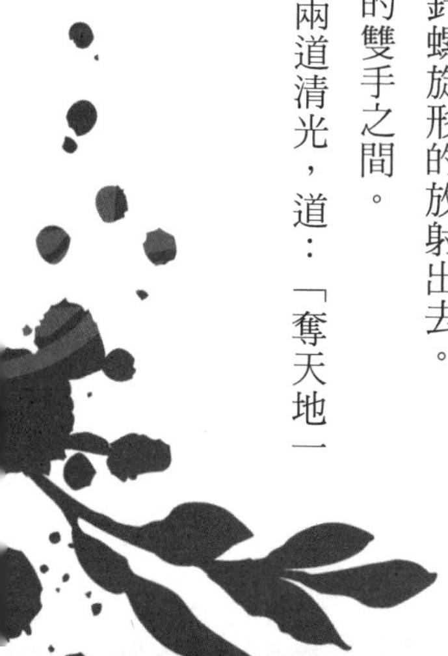

龍耀在雙手中間發動了靈訣，靈訣沿著十指進入龍涎絲，最後到達絲線頂端的針灸針。因為龍涎絲是螺旋形分布開來的，所以針灸針在靈氣的作用下旋轉起來。

張鳴啟的真氣一瞬間被龍耀吸了進去，同時身形在旋轉著的龍涎絲中搖晃了起來。張鳴啟努力提升真氣，用來保持著身體的平衡。但他提出的真氣越多，被龍耀奪取的就越多，針灸針的轉速也越快。

張鳴啟陷入了惡性循環之中，終於身體失衡的旋轉起來，就像掉入滾桶洗衣機中的抹布。不過，雖然龍耀取得了場面上的優勢，但他的內力跟張鳴啟是無法比的，靈訣只是勉強維持了一會兒，雙手就被張鳴啟的劍氣割得血肉模糊了。

「啊！」兩人都大叫了一聲，將靈氣一同提到極限。都想在自己尚能堅持的最後一刻，用這一招盡量削弱對方的戰鬥力。

當兩人的靈氣都提到最高之時，龍涎絲旋轉得就如颱風一般，同時針灸針又一次的崩斷了。轟然一聲巨響，「颱風」爆裂了開來，掀起十幾米高的氣浪，將四周的路面盡數撕裂，挾帶著瀝青塊四下裡亂飛，兩側的建築裡傳來玻璃破碎的聲音，道路盡頭的汽車被震得警報器一起作響。

龍耀和張鳴啟在颱風中飛摔了出來，各自撞碎了身後的一幢建築物。如果是普通的身體，這一撞已經粉身碎骨了，但兩人都留有氣勁護體，所以都沒有受太重的傷。

龍耀推開壓在頭上的混凝土塊，抹著臉上的血滴慢慢走出來。

莎利葉站在原地沒有動彈，身邊籠罩著一層透明的結界。這條長約三千米的道路上，只有她的腳下還有一圈瀝青，其餘的地方全部露出沙石路基。

「這招你沒跟我說過啊！」莎利葉道。

「我剛才靈機一動想到的，與高手對決果然長經驗。」龍耀道。

「針與線相結合，導引靈力之術，你準備叫什麼？」莎利葉點著頭問道。

龍耀皺著眉頭思索了一下，雙手下意識的在袖口轉過，龍涎絲和針灸針時隱時現，道：「『袖裡自有乾坤在，龍潛於淵待風雲』，就叫『袖裡藏龍』吧？」

「嗯！不錯，挺形象的。」

張鳴啟掙扎著站起身來，撕扯掉身上破碎的布條，露出一副精練的肌肉塊，「真不虧是師兄看上的人，竟然能在戰鬥中創出新招式。」

「張鳴啟，你還有什麼招數，趕緊用出來吧，否則就沒有機會了。」龍耀道。

「哈哈！我堂堂道門四大名鋒之一，如今竟被一個晚輩看不起。罷了！那今天我就用出最後一招，不過恐怕你們都得為我陪葬了。」張鳴啟意識到自己的死期已至，索性拉龍耀和莎利葉來墊背。

張鳴啟將密碼箱交到左手上，手指輕輕的撥弄著密碼盤，密碼鎖發出「卡卡嚓」的響聲，箱子慢慢的打開了一條細小縫隙，金光頓時如潮水般的濺射出來。

「今天，你們很有眼福，可以見識一下禹王斬龍劍的真身。」張鳴啟面容十分蒼白，嚴肅的說道：「要知道，就算是我這個劍的主人，也從來沒有見過劍的真身。」

005 Toomi來電

銀色密碼箱緩緩的打開了，沖天的金光籠罩直沖雲霄。一股莫名的悲風捲地而來，吹著落葉碎紙滿街飛舞。

「難道你從來沒有看過禹王斬龍劍？」龍耀驚訝的道。

「不錯！在師父將劍傳授給我時，曾叮囑我一件絕對禁止的事，那就是萬不可完全打開密碼箱，因為禹王斬龍劍一旦現世，方圓百里皆會變成廢墟。」張鳴啟道。

龍耀的嘴角抽搐了兩下，道：「你師父不會是欺騙你，在密碼箱裡裝了一顆核彈吧？」

「我可沒工夫跟你開玩笑，來見識我這最後一劍吧！」張鳴啟將密碼箱提到胸前，道：「玄門中人都說我張鳴啟是四大名鋒之末，但今天我要用死來證明我才是天下第一劍。」

張鳴啟猛的把密碼箱朝向龍耀，將萬丈金光平行著放射了出去。

這一招僅僅只是禹王斬龍劍出箱的前兆，威勢就已經到了開山裂石的程度，大路兩旁的路燈、樹木、樓房盡數折斷。

龍耀將雙手向著袖子裡一插，接著劃出一個太極的形狀，再次使用出「袖裡藏龍」的巧勁。

不過，龍耀這一次不敢再大意了，所以沒有使用普通的針灸針，而是用龍涎絲捆綁了伏羲九針。

伏羲九針在龍涎絲的控制之下飛出，旋轉著製造出一團巨龍形狀的氣流，與平斬而出的金色劍氣交拚在一起。

張鳴啟雙手按著密碼箱，看到龍耀的招式後，吃驚道：「不錯!竟然接下了這一劍的前奏，可惜你有十根手指，但卻只有九根針，這就是你的破綻。」

張鳴啟猛的一轉密碼箱，一道金光從旁邊斜射而去。

「還有我呢！」莎利葉突然拔出了死神鐮刀，逆著金光如裁紙刀般的切出，鐮刀轉瞬就來到了張鳴啟面前。

張鳴啟看到死亡已至，便大吼著將功力提至極限，準備將密碼箱完全打開，「最後一劍……」

可突然，一個聲音響了起來：「請等一下。」

與此同時，冰冷的氣息彌散而來，四周的熱蒸氣瞬間結冰，供熱管道發出一陣凍裂聲，天空中飄下了鵝毛大雪。

昏暗的天空中，一道流星閃過，直墜朝向龍耀。等到流星飛近之後，才顯露出標槍的真身。

「又是魔法協會。」龍耀心念如閃電一般的急轉，「袖裡藏龍」的招式還沒有收回，便將「一氣化三清」用了出來。

標槍刺死了站在原地的分身，分身死時仍然擺著「袖裡藏龍」的姿勢，而龍耀的真身卻以金蟬脫殼之態，從分身的後背處脫離了出來，徑直跳進了身後的一個下水道井中。

另一邊，莎利葉已經衝到了張嗚啟面前，卻突然感覺到寒冷的魔氣向她壓來。張嗚啟本來想使用同歸於盡的招數，卻突然發現竟有死裡逃生的機會，便將禹王斬龍劍的金光全部收回，轉而橫掃向了近在咫尺的莎利葉。

莎利葉的眼睛猛的瞪到了最大，用盡全力將死神鐮刀向外格擋。但金色的劍氣實在太強大了，劍芒割得她的臉頰像是火燎一般的灼痛。

眼看自己就要被金色的劍氣吞噬了，莎利葉突然感覺腳下的地面向下一沉，接著整個身體都跌落了下去。

轟然一聲爆響，金光炸裂在當場，將整個路基炸飛，炸出一個深約十米的大坑。張鳴啟也在衝擊波的作用下，如石塊似的向後飛摔了出去。

但突然，有一隻手扶住了他，道：「張道長，好劍法。」

張鳴啟吃驚的回頭看去，見是一個英俊的歐洲青年，問道：「什麼人？」

「在下名叫加里．科林，是魔法協會的魔法師，想與張道長交一個朋友。」加里．科林笑道。

白冰帶領著瓦爾基里，遠遠的眺望著大土坑，道：「莎利葉被炸死了嗎？」

「那麼近的距離，那麼強的爆炸，肯定難逃一死了。」邁內克信心十足的說著，邁步走到了大坑邊緣。

可忽然，一道凜冽的靈氣湧出，推開坑底散落的沙土，直噴在了邁內克的臉上。龍耀出現在大坑底部，雙手中還抱著受傷的莎利葉。

原來下水道井下方都是相通的，龍耀跳到下水道裡，便來到了莎利葉的腳下，徒手打穿頭頂的路基後，拉著莎利葉的雙腳來到了下方。

幸虧龍耀急中生智用這了一招，否則莎利葉若正面全吃下那一劍，受的傷必定要超過現在幾十倍。

龍耀抱著莎利葉跳到了路面上，低頭與懷中的莎利葉對視一眼。兩人心有靈犀一般的發動了契約，手中那根無形的契約鎖鏈震動了起來，將兩人的靈力和魔力貫通成一體。

很快，兩人身上的傷以肉眼可見的速度癒合了。

加里·科林的臉色一變，道：「果然沒那麼容易死！趁他們還沒恢復體力，我們聯手除掉這個麻煩。」

可就在這時候，葉晴雲和胡培培出現了，再加上龍耀和莎利葉，正好與加里·科林五人形成對峙。龍耀因為接到了Toomi的警告，所以害怕葉晴雲在戰鬥中受傷，讓她和胡培培在外圍放哨，但兩人感到魔氣有變，還是趕緊過來支援了。

九人站在破碎的道路上，劍拔弩張的互相對視著。其實，現在龍耀一方還是有優勢的，因為他們隊伍裡有葉晴雲。葉晴雲的靈能力具有戰略價值，她可以讓身邊的時間暫時停止，並且讓隊友們按原速度運動。如果這項靈能力運用得當的話，瞬間就可以將對面的五人殺掉。

但是，就在這個時候，龍耀的手機忽然響起，是廢柴大叔打來的電話，告訴他維琪被人綁架了。

龍耀的瞳孔猛的一縮，扭頭望向了加里．科林。加里．科林也在同時接到了電話，當然是向他匯報行動成功的。兩人的目光在半空中相遇，與此同時都釋放出了氣勁。靈氣和魔力在中途相撞，引發出一個巨大的爆炸。

在龍耀準備繼續攻擊時，忽然路外傳出了警報聲。幾輛消防車衝進了廢墟中，身穿防護服的消防員，拿著擴音喇叭大聲的喊道：「前面的市民不要害怕，我們馬上救你們出去。」

葉晴雲扭頭看了一眼消防員，道：「龍耀，快走！」

龍耀瞅了加里．科林一眼，身上爆發出一股凌厲的靈氣，掀起身邊層層的雪花和塵土。消防員的視線被遮擋住，當他們再次睜眼環視時，九人已經如幻影般的消失了。

龍耀向著計程車飛奔而去，將周圍的一切事情都忘掉了。直到莎利葉撓了撓他的耳垂，他才發現懷裡還在抱著她。

「龍耀，你太容易專注於一事一物了，這是你最大的優點，也是最大的缺點。」莎利葉說道。

「沒辦法！我改不了這一點。」龍耀將莎利葉放下，兩人並肩向前飛奔。而葉晴雲和胡培培的功基較淺，早就被甩在兩條街外了。

「放心吧！我會在你身邊，為你填補漏洞的。」

「嗯！」龍耀輕輕的點了一下頭，緊張的心頓時放鬆了不少。

兩人的腳步如柳絮般輕盈，踏著車頂、柵欄、路燈、屋頂，以直線前進的方式，轉眼間來到出事地點。

計程車停靠在一條偏僻的路旁，離艾憐的學校只差了幾百米遠，四個車輪全部都爆胎了，引擎蓋處冒著白色濃煙，破碎的擋風玻璃上滿是鮮血。車門被人砸了下來，廢柴大叔躺在破門上，額頭上的傷口正在流血。

龍耀看到這一幕慘相，便知道大叔已經盡力了，所以也不能再責怪什麼，他向莎利葉遞了一個眼色。莎利葉伸手拂了拂肩頭的月桂花，幾枚花瓣飄落在廢柴大叔身上，傷口在轉瞬之間癒合。

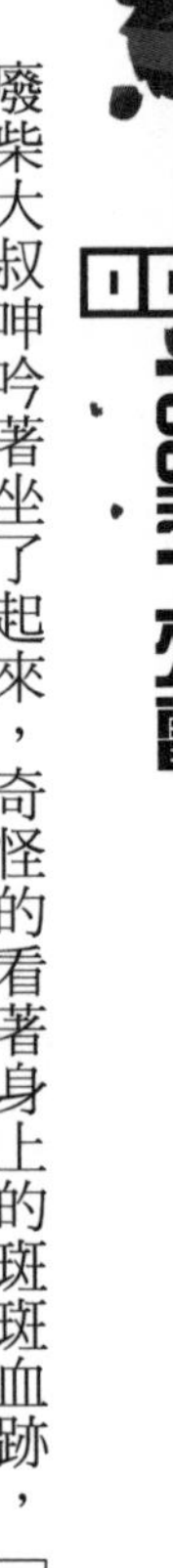

005 Toomi 來電

廢柴大叔呻吟著坐了起來，奇怪的看著身上的斑斑血跡，「咦！我還沒有死嗎？」

龍耀拍了拍破碎的計程車，道：「是什麼人幹的？」

「不知道。」廢柴大叔搖頭道。

「多少人？」

「七、八個。」

「詳細的給我描述一下。」

廢柴大叔將經過說了一遍，龍耀從中得到了兩個情報：第一，對方事先有詳細的計畫；第二，對方是一群普通人。

「普通人？」莎利葉奇怪的道：「難道不是加里．科林？」

「不！肯定是他，沒別人了。」龍耀捏了下巴想了想，道：「估計是他怕惹上東方玄門，所以雇傭普通人動手綁架。」

「如果真是這樣的話，這一招可真夠高明的。」

這時候，葉晴雲和胡培培都趕過來了，兩人氣喘吁吁的坐倒在地上。

這時，龍耀的手機又響了起來，是公司秘書打來的電話，說是機票已經準備好了，會有專人送到龍耀家中。

「四張機票。」龍耀看了一眼四周，想起了Toomi的話，道：「原來如此啊！」

「龍耀別發呆啊！現在該怎麼辦？去找加里．科林要人嗎？」莎利葉問道。

龍耀輕輕的搖了搖頭，道：「既然他安排普通人動手，就說明不會把維琪放在身邊。就算我們找上他，他也會裝癡賣傻不承認。不過，我倒是知道五天後維琪會去什麼地方。」

「哦，你怎麼知道？」莎利葉驚訝的道。

「這個以後再告訴妳。」龍耀拍了拍莎利葉的肩膀，又對葉晴雲和胡培培道：「期末考試結束後，我們四人去一趟東京。」

「咦！」葉晴雲吃了一驚，道：「日本東京？」

「對！」

「去東京幹嘛啊？」胡培培奇怪的問道。

「去旅遊！這是對妳努力復習的獎勵。」

「耶！太棒了。」

「別高興的太早了！如果考得不好的話，別怪我不帶妳去。」

「哦！我一定會好好復習的。」

龍耀和莎利葉轉過頭去，聽著身後傳來的歡呼聲，一起搖著頭道：「果然是個笨蛋。」

廢柴大叔在內衣口袋裡掏了一陣，將十張沾血的鈔票摸了出來，極為不捨的還給了龍耀，道：「是我保護不周，這錢退還給你。」

「你已經盡力了，這是你應得的。」龍耀拒絕了他的退款，又摸出了一張支票，道：「我給你錢，去買一輛商務車吧！」

「不用了，我的計程車有保險，保險公司會賠償的。」

「不！不要驚動保險公司和警察，你就當今天的事沒發生過。你以後也不要再開計程車了，龍林高科會雇用你去做司機。」

「龍林高科是那家新建的生物公司嗎？」

「對！」

「咦？那個……」廢柴大叔徹底糊塗了。

「我這樣安排，自有我的理由，你不需要多問。」龍耀遞上了支票，在轉身離開時，道：

「五天後，你開車去紅島第四高中外等我。」

廢柴大叔數著支票上的零，又望向龍耀四人走遠的背影，道：「喂！你們不會是黑社會吧？」

「我才只到黑社會的等級嗎？」龍耀聳了聳肩膀，沒有扭頭看身後，只道：「大叔，你想像力太過貧乏了，不過這也是我雇用你的原因。」

龍耀去小學接了艾憐，然後一起返回家中。在家門口前，龍耀看到林雨婷和快遞員正在談論著什麼。

「沒有送錯地方嗎？」林雨婷疑惑的問道。

「沒有。」龍耀替快遞員回了話，收下由秘書快遞來的機票。

「咦，你訂了四張機票，要做什麼啊？」

「去日本有事情。」龍耀進了房間。

「什麼事情？」林雨婷追著問道。

「去玩。」

「那帶我一起去。」

「不行！」龍耀抱起寵物兔子，坐到了長沙發上，道：「妳另有要事去做。」

林雨婷的小嘴噘了起來，道：「那你要帶誰去？」

「莎利葉、班長、胡培培。」

龍耀的話音剛落，林雨婷便衝向廚房，向沈麗告起了狀來，「媽媽，妳看龍耀啦，出國竟然不帶我，而帶了兩個毫無關聯的人。」

葉晴雲和胡培培對視了一眼，一起大聲問道：「誰是毫無關聯的人啊？」

沈麗從廚房裡探出了頭來，試驗服上圍著一件圍裙，道：「去外國旅遊嗎？那我也要一起。」

「妳就別添亂了。」龍耀搖著頭，道：「我們是受到朋友的邀請，所以不可能帶不相干的人。」

「撒謊啦！你有日本朋友嗎？」林雨婷質問道。

「當然有啦！」龍耀撓了撓額頭，不知該如何解釋。

就在這個時候，龍耀的手機響了起來，竟然是一通國際長途電話。龍耀看著陌生的號碼，猶豫的按下了接聽鍵。

「こんにちは、私はToomiです。あなたと電話をするのは初めてですね。」

手機裡傳來了日語的問候聲。

龍耀的眼睛瞬間瞪大了，驚訝得不知說什麼好了。而另一邊的Toomi卻很沉靜，稚嫩的聲音中有一種莊嚴，又用中文重複了一遍，道：「你好，我是Toomi。跟你講電話這還是第一次呢。」

「妳怎麼知道我的號碼？」龍耀壓低了嗓音道。

「因為我是『神』。」對方毫無動搖的回答道。

「哦……」

「我知道災劫已經發生了！請於五天後準時抵達東京。」

「我明白了。」

林雨婷觀察著龍耀的表情，忽然伸手把手機奪了過去，問道：「是誰？」

Toomi以高傲的語氣，用標準的日語說道：「我是龍耀的好朋友，特地電話確認一下，他們四人是否為旅程做好了準備。」

林雨婷也算是天才少女了，對亞洲各語種都有所涉獵，雖然都不是非常的深入，但日常用語

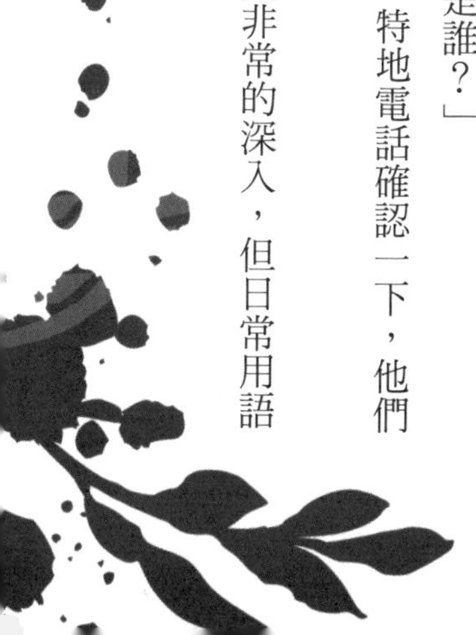

卻是能聽懂的。

「真的是日本人啊！而且聽聲音像是少女。」林雨婷驚叫道。

「如果沒有其他事情，請恕我就此掛機了。」Toomi 用日語說完，便將手機掛掉了。

龍耀明白這通電話並不是 Toomi 隨便打的，她一定是感應到自己在這裡說了一個謊話，所以不遠千里打一通電話來幫助他圓謊。

這一方面說明了 Toomi 的確有著神奇的預言能力，也說明 Toomi 是多麼期望龍耀去日本幫她。龍耀皺著眉頭思索著，猜測 Toomi 一定身陷危機，所以才會在兩個月前尋找援兵。同時龍耀也決定，無論如何都要幫助 Toomi 脫出困境，並讓她成為自己可靠的夥伴。

一個預言能力者！只要稍微動腦子思考一下，就知道她的價值有多大。

龍耀微笑著抬起頭來，道：「看吧！我沒有撒謊。」

「你的確沒有撒謊。不過，這個日本女孩是怎麼回事？」林雨婷喝問道。

「哎！交一個朋友而已嘛，用不著這麼激動吧！」龍耀聳著肩膀道。

「朋友可不能亂交啊！」這次又輪到葉晴雲教育龍耀了，難得她與林雨婷站在同一戰線上，「龍耀，我們都是你的朋友，你要結交什麼陌生人，應該與我們商量一下吧？」

「對啊！尤其是日本女孩子。」林雨婷附和道。

「嗯、嗯！日本女孩只會裝可愛，欺騙你這種無知少年。」

葉晴雲和林雨婷一唱一和的，繞著沙發轉圈教育著龍耀。龍耀揉著發痛的太陽穴，坐在中間低頭撥弄手機。

莎利葉嚼著糖果坐到了旁邊，道：「那是誰啊？」

「一個古怪的預言能力者，從Facebook上認識的。」龍耀打開手機網頁，給莎利葉看了看。

莎利葉用纖細的手指滑動著螢幕，問道：「從這裡能找到異能者嗎？」

「當然不能了！這裡絕大多數是普通人，Toomi是自己找上我的。」

「那她一定有所求。」

「妳倒是挺聰明的，不過她沒有明說。」龍耀捏著下巴思索了一陣，道：「我的第六感告訴我，她所遇到的困難和我們是同一件。」

「嗯！這東西挺好玩的，給我也買一只吧！」莎利葉擺弄著手機道。

「妳的手勁沒輕沒重的，玻璃螢幕會被妳戳破的。」

「哼！我怎麼沒輕沒重了？」莎利葉不經意間按下手指，手機螢幕立刻發出顫響。

龍耀以幻影般的速度抽出了手機，使莎利葉的手指落空刺在了沙發上，沙發的木製底座被戳穿了一個洞。

龍耀一聲不吭的瞄向莎利葉，後者尷尬的含住一根棒棒糖，三隻紫色的眼睛望向了天花板。

「妳什麼時候才能學會控制力量？」龍耀道。

「我只是不適應這個身體而已，只要恢復原本的身體就可以了。」

「別啊！妳現在的身體都有這種力量，如果變回原本成熟的身體，那該有多麼可怕的怪力啊！」龍耀捏著下巴想了一會兒，一面嚴肅的推測道：「妳的本體不會是個肌肉女吧？擁有黑猩猩那樣的肌肉。」

「說什麼呢！」莎利葉撲翻了龍耀，雙手抱在他的脖子上。

表面上看來，這一幕好像只是小孩在打鬧。但龍耀卻深知這一點也不好玩，因為他的頸椎正在吱吱作響。

林雨婷和葉晴雲還在訓話，卻突然看到莎利葉趴在龍耀身上。兩女沉默的對視一眼，突然意識到了什麼。

「這傢伙不會是個蘿莉控吧？」林雨婷低聲道。

「好像有這種可能性啊！」葉晴雲點著頭道。

兩名受到冷落的妙齡美女，都對自己的魅力非常自信，所以開始朝著奇怪的方向考慮了。

「說起來，龍耀有向妳示過好嗎？」林雨婷問道。

「從來沒有，都是我主動找他。妳呢？」葉晴雲問道。

「我也是一樣啊！他總對我愛理不理的。」

兩人黯然的對視一陣，又看向了一旁的胡培培。胡培培正在努力看書，生怕因考試成績不好就不能去日本旅行了。

林雨婷把手搭在胡培培肩膀上，道：「好像龍耀只主動找過妳。」

胡培培抬起頭來，道：「我倒希望他永遠別來找我，每次都會給我帶來倒楣事。」

葉晴雲聯想到龍耀描述的未來計畫，也覺得他不可能喜歡胡培培，而只是想將胡培培收為助手。

「如此說來，龍耀真心對別人好的，只有莎利葉和維琪了。」葉晴雲得出了最終結果。

「啊！難道他只對十四歲左右的小洋妞感興趣嗎？」林雨婷雙手捧著臉，道：「難道他就不能體會成熟女性的魅力嗎？」

沈麗再次從廚房露出頭來，道：「對了，維琪呢？」

龍耀的眼神突然一黯，但聯想到Toomi的話，他內心馬上又釋然了。雖然維琪被加里．科林抓走了，但Toomi卻沒說會有危險。而且加里．科林還需要維琪好好活著，要等到她十六歲才能執行計畫。

龍耀抱著莎利葉坐了起來，長舒了一口氣，道：「她先行一步去日本了。」

「咦，現在的小孩子都這麼獨立嗎？」沈麗也不問其他的事情，又縮回廚房繼續忙碌了。

龍耀剝好一塊棒棒糖，用來安撫鬧騰的莎利葉，道：「離考試還有三天，我希望班長能幫忙輔導胡培培，讓這笨蛋不要在期末考試裡不及格了。」

「可以！」葉晴雲點頭答應了。

「林雨婷可以開始籌建慈善收容所了，地址就選在龍林高科旁邊的小山上，還要修建相配套的學校。」

「學校也要修建嗎？收容的孩子只有二十人啊！」林雨婷道。

「學校不僅是給那些孩子準備的，也對外公開招收有才能的學生，為公司將來做好人才儲備。」

「有才能的孩子？」

「對！有特殊才能的……」龍耀的視線放到了窗外，一直延伸到無窮遠處，道：「好好的籌建，因為將來妳的孩子也會在那裡入學的。」

林雨婷羞澀的捧著臉頰，低聲道：「我們的孩子？」

「咳咳！妳多聽了一個字。」葉晴雲提醒道。

006 踏雪無痕

龍耀將胡培培留在書房裡，讓葉晴雲和林雨婷輪流輔導她，一定要確保她不會再不及格了。身邊圍著一圈聰明人，這讓胡培培的壓力很大。

龍耀在吃過晚飯之後，和莎利葉又趁夜出門了。不過，這一次他們的目標不是樹林，而是紅島市郊外的清游宮。

清游宮是一座僻靜的道觀，表面上是供人燒香拜神之地，實際上卻是道門在本地的分部。清游宮的觀主正是清游清人李洞旋，他也是主持紅島市玄門戒律的持戒者，責任就是懲罰犯戒的玄門中人。

龍耀沒有經過清游宮的正門，而是從側面的院牆翻了進去。這一側的房子很清閒，一般是沒人居住的。但今晚似乎有些不同，門窗映照著明亮的光，房內有五道縈繞的真氣。

龍耀率先從牆頂翻身落到地上，然後伸手抱住接著跳下的莎利葉。在龍耀的腳步沾地的一瞬間，一把飛劍擊穿窗戶直刺向了他。莎利葉躺在龍耀的懷抱之中，伸手從虛空中抽出了鐮刀，一刀將飛劍擊飛回了房間裡。

下一秒，五名道士一起躍出了房間，持寶劍擺出了道門的迎敵陣勢。這五人就是白天圍攻張鳴啟的人，受傷之後待在清游宮的客房裡打坐療傷。

龍耀緩緩的打開了第六感，感應著這五個人的實力。龍耀並不瞭解道門的能力等級劃分，但如果以靈能者的能力等級對比的話，張鳴啟的等級大概相當於LV6的靈能者，而這五個人的等級大概只相當於LV3。

LV3的等級並不能算低，在靈能者中也算高手了，但用來對付LV6就不恰當了。靈能者的等級相差了三階，那就不能再用數量來彌補。也就是說，一個LV6的靈能者能打敗上千名LV3，而一千名LV3靈能者也奈何不了一個LV6。

道門總壇明顯知道張鳴啟的實力，也自然知道這五人殺不了張鳴啟，那為什麼還要派他們前來清理門戶呢？

龍耀的大腦在急速旋轉著，把周圍的一切事情都忘記了。這是龍耀獲得高智商後的缺點，他非常容易陷入忘我思考的境界，一旦陷入就會忽略掉周圍的危險。

比如現在，龍耀進入冥想之後，把對面五人給忘了，這差點害死那五人。

那五人見龍耀是翻牆進院的，以為是什麼危險人物，揮劍便想將龍耀擒下審問。可他們忽略了龍耀懷裡的莎利葉，莎利葉的一雙紫色眼睛一眨，兩道帶著魔氣的光芒勁射而出，對面的五人身形頓時一滯。

莎利葉是擁有邪眼的天使，眼神具有攝魂奪魄的能力。以前的莎利葉曾經用一個眼神，就使成千上萬的人類大軍潰敗。現在莎利葉的身分是召喚靈，受限於通靈師龍耀的能力，連原本萬分之一的力量都發揮不出。

但隨著龍耀實力的不斷提升，莎利葉的力量也逐漸解禁，如今她已經可以用邪眼了。五名道門高手被邪眼蠱惑了心神，像稻草人似的站在原地發起了呆。

莎利葉眨了眨晶瑩的雙眼，紫瞳裡飄出了魅惑的光，五名道門高手在下一秒，一起舉劍互相刺向對方。

忽然，一聲三清鈴搖響了起來，清脆的鈴聲喚醒了五人。五人趕緊提氣護住心神，繼而惱怒

的揮出了劍。可又一柄桃木劍飛出，徑直插在了雙方中間。

侍劍、奉鈴兩個小道童走了出來，道：「龍耀師兄，師父有請。」

「咦？」五名道門高手吃了一驚，疑惑的問道：「這人是你們師兄？」

「正是。」

其實龍耀從來沒有承認過自己是道門中人，但因為他偷學了道門的「一氣化三清」，所以被李洞旋強行認作了徒弟。

龍耀從冥想中清醒過來，道：「正好！我有事要問李老道。」

「師父在後花園賞花，請師兄跟我們走吧。」侍劍指了指後方，做出了請的姿勢。

五名道門高手還有疑問，但被奉鈴請回了房中。

走向後花園的路上，龍耀低聲問侍劍，道：「那五人是道門高手嗎？」

「嗯，算是道門天山派的高手。」侍劍道。

「他們是天山派的人，不是道門總壇的嗎？」

「道門總壇設在蓬萊閣，裡面的人都與師父的實力相當，而那五人只是尋常的高手罷了。」

「那為什麼不派總壇的人來？」

「這我就不知道了。」侍劍撓了撓小腦袋，指著前面的月亮門，道：「師兄可以自己去問師父。」

現在已經是隆冬季節，但是園門中卻聞到一陣芬芳花香，這與門旁的幾根枯枝形成了鮮明的對比。

莎利葉提著小鼻子聞了聞，好奇問道：「是什麼花啊？明明都下雪了，卻還在開放著？」

龍耀嘴角含著一絲微笑，詠道：「東風才有又西風，群木山中葉葉空。只有梅花吹不盡，依然新白抱新紅。」

「梅花？」

「對！歐洲很少種植，妳不知道很正常。」龍耀邁步走進了月亮門。

後花園的面積不大，但結構極為精緻。建築結合著花草，呈現出自然美景，充滿了清靜、幽遠之感。花園中有一半面積是水，由棧橋連接著一座小亭，亭基與水面相互掩映，就像是浮在上面的幻影。

花園的另一半則是梅樹林，裡面栽培著幾十株梅花，如杜鵑嘔血一般吐著豔紅。

李洞旋手持一柄長劍，對著月光慢慢舞動，舞的是武當太極劍。起初，他走的還是普通的套路，但很快身形便如雲煙般的縹緲了。

龍耀和莎利葉一邊看著李洞旋，一邊沿棧橋走進了小亭子。亭內擺著梅花做的甜糕，這很得莎利葉的歡心。

龍耀佇立望著李洞旋的招式，忽然他的眼睛猛的瞪圓了，疑問脫口而出道：「腳印呢？」

李洞旋沒有停下腳步，而是繼續向亭外舞動，鞋子踏在新下的雪花上，竟然沒有留下一點腳印。他似慢實快的挪步，腳下漸漸的升起一股白霧，好像踩在雲上飛翔似的。

「這難道就是你常用的步法？」龍耀道。

「不錯！這就是道家的輕功，名為『踏雪無痕』之術。」李洞旋收劍返回了亭內。

龍耀觀察著李洞旋的舉動，腦中旋起一陣風暴。聯想到莎利葉曾提及的魔法原理，龍耀終於看懂了李洞旋步法中的奧妙。

「原來如此啊！我原以為你走路時腳下帶霧，是傳說中的騰雲駕霧之術，原來只是真氣凝結在雙腳，將周邊的水氣給震散成了霧狀。」

「哈哈！不愧是我的徒弟，只看了一遍演示，就看出這術的關鍵了。」李洞旋高興的喝了一口茶，又道：「想不想讓為師教你啊？」

「又不是騰雲駕霧之術，只是普通的輕身功夫，沒意思。」龍耀道。

「騰雲駕霧，那是傳說之術，為師我還到不了那種等級。」

龍耀的眉頭皺了皺，道：「這麼說，真的有人能騰雲駕霧？」

「不錯！天外有天，人外有人，蓬萊閣中的確有人能騰雲駕霧。」李洞旋有些忌憚的說著，又道：「如果有一天你遇到騰雲駕霧之人，一定不要跟他為敵啊！」

「哦！」龍耀隨口答應了一聲，又問道：「你怎麼突然想起要教我輕功了？」

「我是怕你再遇上張鳴啟，學會了『踏雪無痕』之術，至少能保你安全逃離。」

龍耀的眼神一凜，道：「這麼說來，道門總壇果然不想殺張鳴啟。」

「咦，你已經知道了？」

「今天，我旁觀過你們的戰鬥，也試過那五人的功底。道門總壇如果真想殺張鳴啟，絕對不會派這種人前來。」

「不錯！總壇的確不想殺張鳴啟。」

「為什麼？」

「道門近些年來，人才日漸凋零，張鳴啟位列四大名鋒，是百年難得一見的人才。雖然他犯

下大錯，但道門仍然捨不得殺掉他。」

「那又為什麼派人追殺？」

「道門是東方玄門之首，自然要做一個樣子了。」

「張鳴啟已經背叛了道門，道門又打算怎麼利用他？」

「雖然他是有罪之身，但他總歸是道門的弟子。總壇依然可以聯繫到他，讓他暗中替道門出力，去做一些道門不能做的事。」

「是一些見不得人的事嗎？」

「可以這麼說，都是一些不能做，但又不得不做的事。」李洞旋捏起一塊梅花糖糕，但又被莎利葉搶了回去，小丫頭已經霸佔了所有甜食，害得老道士只好繼續喝茶水，道：「其實這種罪人很多，他們暗地裡替道門出力，道門也會無視他們的罪過。」

「那張鳴啟的事就這樣算了？」

「只能這樣了。這是道門總壇的意思。」

龍耀捏著下巴思索了一陣，道：「張鳴啟很可能會與加里・科林合作。」

「那你就更應該練好『踏雪無痕』了，因為你還不是張鳴啟的對手。」

「與『踏雪無痕』相比起來，我更想瞭解『蜀山馭劍術』。」

「手中無劍，心中有劍；真氣凝集，無物非劍。這就是『蜀山馭劍術』的總要。」

「你會嗎？」

「不會！貧道擅長的是拳腳功夫。」李洞旋搖了搖頭，有些無奈的道：「而且就算是會，也不會傳授於你，貧道不想看到你和張鳴啟拚得你死我活。」

「就算他和加里．科林聯手，綁架了無辜的少女，你也不想過問此事嗎？」

面對龍耀的質問，李洞旋沉默不語，不知如何回答了。

「看來你是鐵了心，要幫張鳴啟脫罪。」龍耀有些失望的吐了一口氣，又道：「還有加里．科林屢次違反戒律，你這個持戒者為什麼還不懲罰他？」

「他是魔法協會的魔法師，道門總壇不想與西方翻臉，所以讓我不要過問此事。」

龍耀猛的拉起莎利葉，走向來時的棧橋，背影映照在湖水中，有幾分莫名的蕭瑟，道：「李洞旋，不要忘記你道袍上的座右銘——但凡世間無仁義，人人心中有梁山。」

「這……」

「既然道門出於一己之私，而不肯行大義之舉，那我龍耀就要替天行道了。」

「龍耀，你這樣做，無異於引火上身，可能會觸怒總壇的。」

「哼哼！那我就拉道門兩千年基業來陪葬。」龍耀扭頭露出一絲冷笑，道：「既然道門已經腐朽到這種地步，那留在這世上只會惹世人恥笑。」

李洞旋的眼睛猛的瞪圓了，一股涼意從脊背直入心頭。

龍耀拉著莎利葉出了清游宮後，沿著林間的小路信步走著。路邊的林木枝條凋零，落滿了厚厚的積雪。在落寞的林風吹拂下，時不時飄下一陣雪花。

莎利葉吃著糖糕，道：「你不應該把話說得那麼絕，我們還需要利用道門勢力。」

龍耀低頭看著腳下的積雪，道：「妳說得對，我太衝動了。」

「幸虧只是對李洞旋說，他是不會告訴別人的。」

「對。但他竟然放任張鳴啟和加里．科林行惡，這讓我非常的失望。」

「人在江湖，身不由己。他也被道門總壇束縛著，快意恩仇只是一個幻想。」

「妳倒是挺明白的。」

「當然了！我可是幾萬歲的人了，這種事情見得太多了。」

「唉！」龍耀輕嘆了一口氣，慢慢的跺動腳步，回想著李洞旋的演示，將靈氣緩緩注入雙腳。靈氣在腳旁劇烈的震盪起來，空氣中的水分受激凝結在一起，變成了一團氤氳飄舞的白霧。

當靈氣震盪到達一定頻率，就好像磁浮列車一般，龍耀逐漸脫離了引力的束縛，腳底與雪地之間出現了空隙。

「哇！你只看了一遍，就已經學會了？」莎利葉驚訝的道。

「他既然有心要教我，我又怎麼能拒絕啊？我只不過不想在他面前使用，別讓他以為真成我師父了。」龍耀道。

「呵呵！你城府還是挺深的，只不過太容易衝動。」莎利葉裝出小大人的樣子，道：「果然年輕就是一種錯啊！」

「得了吧！我可不想被一個整天吃零食的小丫頭說『年輕』。」龍耀拉過莎利葉的小手，快速的踏了幾下步子，雙腳突然如滑雪板一般，沿著山坡高速的衝了下去。

「啊——」莎利葉發出興奮的驚叫聲，輕柔的身子如風中的旗子，橫著飄飛進了雪原之中。

在兩人背後幾公里處，清游宮中最高的屋頂上，李洞旋正背手眺望著。當他看到龍耀施展「踏雪無痕」時，老眼中充滿了歡欣的淚水，自言自語道：「不管怎麼樣，道門還算後繼有人。」

剩下的兩天，龍耀一邊完善著「踏雪無痕」之術，一邊對胡培培進行地獄式的輔導。胡培培沒有不睡覺的能力，但她這兩天也幾乎沒有睡上一分鐘。幸虧她的能力是不死之身，就算再累也不會有事。

兩天後的期末考試，龍耀像往常的考試一樣，都是用一分鐘就答完題，交卷後去做另外的事。各科的老師早已經習慣了，任由龍耀在考場上遲到早退，反正他不違反紀律就行了。

期末考試結束後，學生們都沉浸在歡樂之中，在教室裡亂扔舊課本。而龍耀卻面色沉重的穿過走廊，在明豔的色彩中留下一抹灰暗。但很快，兩個明豔的女孩跟在了龍耀身後，有效的中和了龍耀身上的冷色調。

胡培培雖然雙眼通紅，但臉上卻滿是興奮之情，像是要郊遊的小學生似的。葉晴雲輕輕的咬著下唇，擔心著此次日本之行，也擔心著龍耀未來的舉動。

一輛黑色的賓士商務車，緩緩的停到了學校門前。銀色的車窗玻璃輕輕的滑下之後，露出了廢柴大叔那猥瑣的笑容。這輛車可比他原本的計程車高檔了許多，但又沒有加里·科林的座駕那麼奢華張揚，非常符合龍耀的審美標準和實用觀念。

廢柴大叔輕輕按了幾個按鈕，商務車的後門自動打開了，露出了車廂內寬敞的空間，還有在裡面吃糕點的莎利葉。

「大叔，你挺會選車的。」龍耀坐進了車中。

「當然了！大叔也不是不學無術的，對汽車可是很有研究的。」廢柴大叔得意的道。

「很好！從今天起，你就是我的司機了。平時不用做別的事情，只需接送我妹妹上學，工資由龍林高科支付。」

「知道了！我去龍林高科報到過了，林總經理真是個美人啊，不知道她喜不喜歡大叔？」廢柴大叔握著下巴上的鬍渣，沉浸在美好的暢想之中。

胡培培抿了抿嘴唇，打開車廂內的冰箱，取出飲料喝了一口，道：「大叔，你這純粹是癩蛤蟆想吃天鵝肉。」

「呃……妳這丫頭說話好刻薄。」

龍耀無奈的搖了搖頭，道：「你一定要保護好我妹妹，而且不要監守自盜啊！」

「大叔我對小丫頭沒興趣。」廢柴大叔搖晃著腦袋，道：「難道我就那麼像變態嗎？」

龍耀扭頭看了看身邊三個女孩，莎利葉、葉晴雲、胡培培一起點頭，道：「很像！」

「我靠！大叔太傷心了！要知道大叔在年輕時，也是英俊瀟灑的美少年。唉！時間就是一把殺豬刀啊……」

「好了！大叔，別再廢話了，快去機場吧！」

商務車穩定而又快速，轉眼間便來到紅島機場。龍耀四人只準備了證件，連換洗的衣服都沒帶，就直接登上了國際航班。

坐在飛機的座位上，龍耀思索著日本之行。他現在還沒有意識到，這班飛機不會安寧。

007 危險飛行

經過短暫的顛簸之後，飛機爬上平穩的高度，乘客們解開安全帶，氣氛變得輕鬆起來。現在已經是傍晚時分，太陽已經落到了地平線下，但因為飛機的高度問題，所以機身還沐浴在陽光中。

飛機像一隻銀色的鳥，舒展著巨大的羽翼，翱翔在藍天白雲之間。機窗外，金色的雲海如波濤一般的翻湧，展現著地面上看不到的姿態。

葉晴雲和胡培培都顯得很興奮，聊著這年紀的女高中生的話題。莎利葉抱著一堆航班食品，像坐在點心店裡一般大吃著。龍耀低頭撥弄著智慧型手機，正在學習著日語高級教程。

「飛得好慢啊！這要多久才能到達？」莎利葉有些不耐煩的問道。

「大約四個小時吧。」龍耀回答道。

「還不如我自己飛過去呢！」

「那我們怎麼辦啊？我們可沒有翅膀。」

「一群廢物。」莎利葉嘟噥道。

龍耀輕輕搖著頭，道：「說起來，妳是靠什麼飛行的？」

「靠翅膀。」

「妳的翅膀大約兩米長，相較於妳的身高來說，的確可以說非常長了。但是，以空氣動力學的原理考慮，大約四米長的翼展才能承受妳的體重，而且妳的胸骨還要像鳥一樣凸起來，否則根本無法支撐妳撲翼的力度。」說到這裡的時候，龍耀下意識看了一眼莎利葉的平胸。

莎利葉自然也意識到了龍耀的目光，拿起一塊小蛋糕拍在他的臉上。

「我從來沒有注意過為什麼會飛，因為我會飛是自然而然的事情，就像人類不會在意怎麼邁步一樣。」莎利葉道。

龍耀舔掉臉上的奶油，道：「用妳的魔法學知識分析一下。」

「你想做什麼？」

「或許我也能學會飛翔。」

「這——我可以幫你思考一下，不過我不抱太大希望。因為飛翔是天使的特性，這是由種族所決定的。」莎利葉道。

「嗯！好好思考一下吧！」龍耀又低頭看起了手機。

此時，太陽已經完全的消失了，飛機終於來到了公海之上，機窗外是無盡深邃的黑暗，幾顆早升的星星泛著微光。

葉晴雲和胡培培都有些累了，頭靠頭的依偎在一起睡著了。機艙內的其他乘客也是一樣，都紛紛向空中小姐要睡毯休息。

龍耀的精神依然很旺盛，如同莎利葉的胃口一樣。但空姐還是職業性的來到兩人身邊，微笑著詢問是否需要毯子。

龍耀輕輕的搖了搖頭，眼角稍微離開手機，瞄了一眼窗外的天空。一瞬間，龍耀的眼睛瞪圓了，問道：「為什麼偏離航線了？」

「呃，先生，請您鎮定一點。飛機按照規定飛行著，是不可能偏離航線的。」空姐向外望了望窗戶，道：「再說，外面一片黑忽忽的，您怎麼知道偏離了？」

「哦！對不起，可能是我太緊張了。」龍耀又低頭看起了手機，等空姐走向後排，才低聲道：「根據星座的位置推斷，航向正在緩慢向南偏離，離日本領土越來越遠了。」

「出什麼事了嗎？」莎利葉低聲問道。

「分開行動！我去看一下駕駛艙，妳四處去轉一下。」龍耀起身走向前方，空姐果然追了上來。

但莎利葉卻突然伸出腳來，差點將空姐絆倒在地板上。

「阿姨，我要上廁所。」莎利葉道。

「阿姨？我還沒有結婚呢！」空姐立刻糾正道。

「不管妳結沒結婚，我都要上廁所。」

「呃……我是說，妳應該叫我『姐姐』。」

「唉！妳可真囉嗦，還是我自己去找吧！」

空姐抬頭看向前方，見龍耀已經消失了，再回頭看向後方，見莎利葉正在亂逛。

「喂！小姑娘，不要亂走。」空姐追了上去。

但莎利葉裝作沒有聽見的樣子，走進了工作人員專用的電梯，徑直來到上層的客艙中。莎利葉用邪眼掃視了一眼，感覺到一絲異樣的氣息。在上層商務艙的門後面，有微弱的魔法氣息在飄散。

這時候，空姐追了上來，道：「小姑娘，不要亂走，這一層的商務艙已經被全包了。」

「什麼人包的？」莎利葉問道。

「我不能隨便洩露客戶資料。」空姐聳了聳肩膀，又道：「再說這也不關妳事啊！」

「錯了！這正好就關我事了。」莎利葉抬頭看了一眼空姐，紫色的瞳孔閃過一絲邪芒，後者立刻暈倒在地上。

與此同時，商務艙中的人也發覺了異動，有兩個人撞開艙門衝了出來，徒手向莎利葉發起進攻。

莎利葉名列地獄七君主之位，在天堂時也曾擔任過戰天使，戰鬥的能力和技巧自不必多說。她只揮出了一拳，兩人就躺倒在地上。

「不愧是神話中的墮天使，果然不是人類可匹敵的。」邁內克從艙內走了出來。

「原來是加里．科林在搗鬼啊！」莎利葉歪頭向艙內看了一眼，道：「那個變態在裡面嗎？」

「我們少爺早就乘坐專機到達日本了。」邁內克揮了揮手，後面出來一排人，道：「聽說你們也要去日本，少爺特地讓我送你們一程。」

「一群不知死活的白癡。」莎利葉將右手向著虛空中一伸，抽出了水晶碎屑組成的鐮刀。

這陣勢倒是嚇壞了邁內克，他趕緊阻止衝動的小丫頭，道：「喂、喂！我們都在飛機上，妳一動手就全完了。龍耀在哪裡？讓他出來談。」

「他沒有空。」莎利葉才不管那麼多，揮鐮刀便砍了上去。

鐮刀的刀柄長約兩米，在機艙內根本揮不開，鐮刃切進了機艙上頂，劃開了一道細小的隙縫。機艙內高壓空氣「嘶」的一聲便噴了出去，同時所有的機艙警告燈都紅了起來。

「啊——糟糕透了！本來以為龍耀是最難對付的，原來這個小丫頭更難對付啊！」邁內克長嘆道。

按照原本的計畫，邁內克收買了機長，會將客機飛向一個小島。小島位於南太平洋上，荒涼的連根毛都沒有。島上早就準備好了伏兵，等飛機在小島上迫降後，就將龍耀和乘客一起消滅掉。

可惜天不隨人願，邁內克被發現了，而且還是被莎利葉發現的。如果是龍耀發現的話，一定會考慮機上的乘客，但莎利葉的心思就單純多了，什麼都不考慮便動起了手來，而且第一招就損壞了飛機。

邁內克和保鏢們都站在原地沒動，眼望著頭頂的破洞，臉色如死灰一般。

「哦哦！快動手啊！我可不喜歡打死靶子。」莎利葉將鐮刀旋轉成圓盤，鐮刃「嗖嗖嗖」的亂劃著，機艙內的地板和隔牆被劃得碎屑四飛。

「啊！飛機上還有兩百多人，妳想讓他們陪葬嗎？」邁內克問道。

莎利葉的鐮刀停了一秒鐘，但馬上就轉得更快了，道：「這都要怪你們。」

「Holyshit！趕快讓龍耀來說話。」

機艙內持續響起了警報聲，讓所有的乘客陷入恐慌之中。空姐一邊耐心的安撫乘客，一邊焦急的聯繫駕駛艙。

為了防止劫機事件的發生，駕駛艙在飛行時是要鎖門的，但什麼門也阻擋不了龍耀。龍耀進入駕駛艙後，立刻從儀錶上看出了破綻，接著便與機長和副機長起了衝突，將兩人打暈扔到一邊。

龍耀看到報警的紅燈後，猜到是莎利葉在外面闖禍了，便坐到機長的位置上，試著操作飛行設備。

在這個時候，空姐的詢問聲響了起來，龍耀直接打開了廣播，向全機的乘客說道：「大家好！下面我向大家公布好、壞兩個消息：好消息是我們馬上就可以回到正常航線，機上的事故不會耽誤大家的旅程；壞消息是我們的機長已經暈倒了，而且機艙正在急速的失壓。」

這句話跟說「飛機上有炸彈」沒什麼兩樣，女人和孩子都抱頭尖叫了起來，男人拍著窗戶想跳機，老人則直接嚇得犯了心臟病。

空姐們像熱鍋上的螞蟻似的，有些留下來好生安慰著乘客，有些則跑到駕駛艙來確認。但當她們看到機長躺倒在地板上，而一個高中生正在翻駕駛手冊時，也一個一個都想暈倒在地上。

「你是誰啊？」一名空姐問道。

「代機長。」龍耀回答道。

「別開玩笑了！」

「我可沒有開玩笑，下面由我接管飛行。」

「你會開飛機嗎？」

「哼！妳別看我年輕，其實我有兩千個小時的飛行經驗。」龍耀一臉認真的樣子，讓人不敢懷有疑問。

「哦！這可真讓人驚訝啊！」

「不過，我平常習慣駕駛猛禽F－22，需要適應一下民用客機的操作。」龍耀試著碰了一個按鈕，飛機立刻左右搖擺了起來。

乘客們像坐在海船上一般，被高高的顛飛了起來，稀裡嘩啦的摔了一地。龍耀望著艙內的監控錄影，道：「讓他們把安全帶繫好。」

「是！」空姐木然的答應了一聲，突然從發呆中驚醒了過來，道：「喂！這到底是怎麼回事？猛禽F－22不是軍用戰鬥機嗎？你到底是在哪裡學開飛機的？」

「在皇牌空戰裡。」

「呃……那不是電玩遊戲嗎？我常看到弟弟在玩。」空姐大叫道。

「對！他玩得怎麼樣啊？把他的遊戲ID留給我，我回去後可以跟他聯機。」

「啊！我們都要玩完了！」空姐抱著腦袋蹲了下去，陷入了歇斯底里的狀態。

龍耀輕輕的搖了搖頭，道：「真是的！現在的空務人員，應變素質太差了。」

在龍耀學著開飛機的時候，上層商務艙更是亂成一團。雙方原本已經達成了平衡，隔著一道門廊對峙著。

可忽然，飛機起了一陣大搖晃，打破了雙方的僵持。幾名保鏢因為身體失去平衡，而慌亂的撲向了莎利葉。莎利葉以為對方發動攻勢了，揮鐮刀就是一記「腰斬」，幾段身體便飛了過去。

「啊！」保鏢們發了一聲喊叫，一起衝向莎利葉。可這與飛蛾撲火無異，幾刀就被莎利葉斬殺了。

在劇烈的打鬥之中，上方的空隙更大了。空氣猛的洩了出去，艙內氣壓直線下降，上艙殼發出巨大的聲響，冷空氣隨之逆流湧進了客艙。艙內氣溫在五秒內下降到零度，整個客艙都被白霧籠罩了，氧氣面罩自動彈脫了出來，茶杯、推車、睡毯、行李都飛了起來，像是在失重的太空站中一樣。

空姐們極力想安撫乘客，但因為氣壓下降得太快，她們的耳膜疼痛異常。龍耀也感覺到了情況不對，命令空姐立刻封閉駕駛艙，並駕駛著飛機下降向低空域。

「喂！妳過來駕駛。」龍耀雙手脫離飛行桿，把空姐按在了駕駛座上。

「我？我不行啊！我根本沒有學過駕駛。」空姐急得想哭了。

「馬上學！」龍耀從資料櫃裡取出駕駛手冊，翻開了飛行桿的操作要領第一章，道：「如果妳平時多陪弟弟玩一下遊戲，今天就用不著這麼手忙腳亂了！」

「啊！我知道了，我錯了。如果這次空難不死的話，我一定天天陪他玩遊戲。」空姐哭著說道。

「嗯！這樣很好。」龍耀拍了拍空姐的肩膀，以極快的速度打開艙門，然後將門鎖緊。

龍耀走在霧氣瀰漫的客艙走廊上，無視坐在兩旁呼天搶地的乘客，直至看見葉晴雲和胡培培才停步。

葉晴雲和胡培培雖然參加過多次玄門戰鬥，但卻第一次遇到這種九死一生的空難情景，兩人緊緊的抱在座位上不敢動彈了。

龍耀拍了拍兩人冰冷的臉蛋，道：「喂！妳們兩個鎮靜一點，不要給靈能者丟了臉。」

「啊！」兩人驚醒了過來，大口的喘著粗氣，但臉色卻越來越難看。

龍耀拉過兩個氧氣面罩，道：「在空氣稀薄的地方，不要大口的呼吸，會讓肺腔失壓的。」

胡培培擁有不死之身，就算是肺腔爆炸了，也不會有什麼問題，所以很快就恢復了。而葉晴雲就很難過了，捧著氧氣面罩也呼吸不動，嘴唇都變成淒慘的青色了。

「龍、龍耀，我恐怕不行了。」葉晴雲艱難的張動著嘴巴，好像臨死前的告白一般，道：「在死之前，我不想留有遺憾，我想對你說，其實我一直……」

可惜客艙中的雜音太大了，龍耀一句也沒有聽進去。龍耀把氧氣面罩按在嘴上，飽飽的吸入了一大口，然後捧起葉晴雲尖俏的下巴，便嘴對嘴的深深吻了下去，將氧氣全吐進了她的口中。

氧氣進入了葉晴雲的肺部，重新喚醒她的呼吸系統，再加上龍耀這一吻的刺激，讓她蒼白的臉色瞬間變紅了。葉晴雲猛的瞪圓了雙眼，緊盯著靠在一起的臉，感覺著嘴唇上的濕潤，羞澀的大腦中一片混沌。

胡培培看到這驚人的一幕，突然被一口氧氣嗆到，在一旁劇烈的咳嗽了起來。

龍耀直起了身子，抹了抹濡濕的嘴唇，道：「妳剛才說什麼？」

「呃——沒、沒……沒什麼。」葉晴雲嬌羞的連連搖頭。

「妳們兩個照顧好下客艙，我去看一下上客艙的情況。」

「知、知、知道了。」葉晴雲道。

龍耀乘坐艙內電梯到達上層，在電梯的自動門打開的一瞬間，忽然感覺到一股巨大的引力。與此同時，機艙上殼撕開了一條大口子，上機艙內的東西全被抽了出去，包括那些保鏢的殘肢斷臂。

龍耀向著牆壁彈出了一根龍涎絲，同時伸手抓住了暈倒在地的空姐。另一邊，莎利葉還在和邁內克打鬥著，兩人在空蕩蕩的機艙裡隨著雜物翻飛著。

龍耀飄搖在半空中，大聲的問道：「莎利葉，這是怎麼回事？」

「飛機被他們弄壞了。」莎利葉回答道。

「妳這個臭小丫頭，太會顛倒黑白了，明明是妳砍破的！」邁內克叫屈道。

「哼！加里．科林對付我，真是無所不用其極啊！」龍耀彈出了五條龍涎絲，將空姐固定在地板上，道：「莎利葉，趕緊解決掉他，再搶修飛機故障。」

「瞭解了！」莎利葉猛的踢出了一腳，將邁內克踢在了外殼上。

邁內克的後背肌肉堅如鋼鐵，一下子就撞碎了鋁合金外殼，巨大的風暴湧起，將莎利葉也捲到了機艙外面。

「莎利葉……」龍耀大叫著彈出龍涎絲，但卻被一塊鋁塊擋住了。

況。

邁內克在被踢出機艙的同時，抓住了一根懸掛在外的電纜，掏出手機向加里．科林報告情況。

加里．科林聽完了邁內克的匯報，立刻冷笑了起來，道：「幹得很好！邁內克，我會把你的殉職金，送到你父母手中的。」

「咦？少爺，你是什麼意思？」

「沉睡之金，安息之火，甦醒的時刻到了……」加里．科林突然吟唱起了咒語。

「不！不！少爺，你不能這樣對我，我一直對你忠心耿耿，你……」

「……自爆鍊金術啟動！」加里．科林唱完咒語，便將手機掛掉了。

與此同時，邁內克胸前的鍊金陣閃爍起來，骨架逐漸變成了燒紅的金屬，肌肉卻化成了熊熊烈火。

龍耀踩著一塊鋁合金板，像是駕馭著滑雪板一般，從機艙內飄浮到了外面，一眼便看到邁內克的異樣。

「這麼高強度的魔力流，你想當人體炸彈嗎？」龍耀道。

「不是我想，是加里．科林害了我。」這是邁內克的臨終遺言，接著他便化成了一團火焰，將身下的鋁合金機殼都燒融了。

龍耀知道他的屍體快要爆炸了，但是一時又沒有辦法將他移開。就在這個時候，莎利葉又出現了。

莎利葉被狂風捲到了外面，差點跌進機翼下的引擎中，幸虧及時展開了六隻翅膀。莎利葉的六隻翅膀，上面鋪滿了紫色的美麗羽毛，每一根尾翎上都長著一隻眼睛，千萬隻羽毛上睜著千萬隻眼，給人一種說不出的神秘和威嚴感。

下機艙內的乘客來自多個國家，都用自己國家的語言驚叫著，葉晴雲和胡培培一再努力勸說，但還是無法安定下他們的情緒。

但突然，莎利葉在艙外展開了大翼，同時身上放射出聖潔的光，一個巨大十字形光斑環繞著她，將她襯托得好像從天而降的天使一般。

「哦！天啊！是神蹟——」艙內的乘客們頓時安靜了下來，無論他們有沒有宗教信仰，都雙手合十祈禱自己獲得救贖。

莎利葉當然不知道艙內發生了什麼，她只感應到龍耀現在非常的著急，便搧翅飛到了機艙的上方。

龍耀看到莎利葉後，立刻安心了不少，道：「邁內克就要爆炸了，將他從機殼上切下來。」莎利葉揮動死神鐮刀，斜著砍在了飛機艙殼上，像是削一根胡蘿蔔似的，將邁內克這個疤和機殼一起砍飛。

邁內克才飄飛出去幾秒鐘，就爆炸成了一團大火球，場面就像雲爆彈爆炸似的。

「加里·科林，太無仁無義了，竟連自己的手下也不放過。」龍耀道。

「是啊！還想製造空難害死咱們。」莎利葉收回了巨翼，落到了飛機的上方。

「製造空難的人是妳吧？」龍耀敲了莎利葉一下，抱著她返回了機艙中。

飛機外殼破損太大了，已經沒有辦法修補了。龍耀果斷放棄了上層客艙，帶著莎利葉和空姐來到下層，然後用靈力將兩層之間的空隙封死。

雖然飛機仍處在危險狀態，但因為高度在不斷的降低，所以艙內的氣壓和氧量都緩慢恢復了。

龍耀打開了駕駛艙的門，和莎利葉一起走了進去。那名空姐還在握著飛行桿，制服的後背已經被冷汗濕透了。

「啊！你終於回來了。再過一會兒，我就要得心臟病了。」空姐如釋重負的說道。

「好了，讓我來吧。」龍耀拉開了空姐，坐到了機長座上。

莎利葉則大搖大擺的坐到了副機長座上，並對空姐道：「給我來一點甜點。」

「呃……好的。」空姐點了點頭。

龍耀掃了一眼儀錶盤，在一百多個儀錶中，發現了一絲重要訊息。

「唉！福無雙至，禍不單行啊！」龍耀長嘆了一口氣，打開了機內的廣播，道：「各位乘客，我又有兩個消息要宣布：好的消息是我們解除了危機，飛機可以正常駛向東京了；壞的消息是飛機燃料不夠了，我們要在東京灣內迫降。」

空姐剛端著點心和飲料入室，忽然聽到龍耀說了這麼一句，雙膝一軟便跪倒在了地板上。幸虧莎利葉眼疾手快，一把接住了拋起來的托盤。

「迫降？你能行嗎？不會機毀人亡吧？」空姐膽戰心驚的問道。

「放心吧！我有一百多次迫降經驗。」

「又是在遊戲裡吧？」空姐想哭了。

「不要小看遊戲啊！」龍耀轉動飛行桿，駛向了東京灣。

008 忍者行刺

漆黑的夜空連著漆黑的大海，但是龍耀的雙眼卻放射著精光，將外界的所有一切都看在了眼中。

龍耀面容嚴肅的打開了廣播，用漢語、英語、法語、俄語、阿拉伯語、西班牙語、日語各說了一遍，道：「警告！本機將在三十秒後迫降，所有人員做好撞擊準備。」

這一次，乘客倒沒有發生驚叫，可能是他們已經習慣了，也可能是他們都累了，還可能是因為看到了天使，所以人人都對生還充滿了信心。

客機向上傾斜著身子，像一隻入水前的天鵝，緩緩的劃過寂寥的夜空，在海面上拋起層層碎浪。

東京灣是著名的旅遊聖地，海岸上站滿了觀光的遊客，海面上也有不少的遊艇。當客機壓下來的時候，下方的人都驚呆在當場。

龍耀緊緊的抓握著飛行桿，感受著鋼桿上傳來的顫動。莎利葉繼續淡定的吃著甜點，只是杯裡的飲料顫得厲害。

「還有五秒接觸海面，五、四、三、二、一。」隨著龍耀的廣播聲，機尾猛的插入水中。整個機身都震顫了起來，尾端發出尖銳的嘯叫，海面像是被刀劃開一般，向著兩側的海岸猛撲了上去。

「啊！啊！啊！」龍耀發出了吼叫聲，雙手緊握著飛行桿。但衝擊力實在是太大了，鋼製的飛行桿竟然折斷了，同時機尾上的方向舵也破碎了。

「哦！糟糕！」龍耀抱怨道。

「要跳海嗎？」莎利葉詢問道。

「不！在這裡跳海的話，乘客都會被淹死的。」龍耀站起了身來，慢慢的閉上雙眼，將靈氣調動了起來。

「奪天地一氣」的靈訣發動了，四周的靈氣都湧向了客機，海上吹起一股莫名的風。

龍耀將靈氣聚焦在雙手之上，再將雙手緩緩的對插在袖子中，將「袖裡藏龍」的招式釋放了出來。

飛機中出現了巨大的太極圖案，接著十根捆著針灸針的龍涎絲，刺穿飛機外殼扎進了海底礁石。龍涎絲「咯吱吱」的繃緊了起來，同時龍耀也感覺到了疼痛，雙臂好像是要被撕扯下來一般。

「龍耀，不要勉強。」莎利葉緊張了起來，連甜點都丟掉了。

「不要緊！我知道自己的極限。」龍耀咬牙道。

可飛機前衝的慣性實在太大，眼看著就要撞到海岸上了。原本站在岸邊看熱鬧的遊客，都尖叫著逃向後方避難去了。

龍耀的精神雖然還能堅持，但他的靈力卻已經耗光了，龍涎絲是用靈力製造的，所以也慢慢的變細了。

眼見龍涎絲即將崩斷，而飛機也要衝到岩上。可忽然，一股巨大的靈氣襲捲而來，瞬間便侵入了龍耀的身體。龍耀吃驚的感應著，體內的靈力像吹氣球般的膨脹，很快便達到了不發不快的地步。

「啊！」龍耀將靈力釋放了出去，龍涎絲瞬間變粗了幾倍，像是鋼纜一般深扎入海，將飛機成功的擱在了海岸前。

在飛機停住的那一瞬間，那股巨大的靈力也消失了。龍耀像是洩了氣的皮球，萎頓的倒在了座位上。

莎利葉驚訝的看向龍耀，道：「剛才的那股靈力是怎麼回事？遠超過我們以前遇到的靈能者。」

龍耀的眉頭緊緊的皺在一起，道：「的確！那股靈力實在太大了，差點漲爆了我的靈脈。我們遇到的最高靈能等級是LV5，而這股靈力卻遠遠比LV5更加強大。」

「難道會是Toomi嗎？」

莎利葉剛一提到這名字，龍耀的手機便響了起來。

「我是Toomi，你們沒在東京國際機場登陸。不過沒關係，因為我早已經占卜到了，所以根本沒去機場等你們。」Toomi用莊嚴的口氣道。

「啊！妳又知道了？」龍耀揶揄道。

Toomi沒有搭理龍耀，繼續道：「你們跳上飛機的左翼，會找到一艘空的小艇，靠岸後找一輛計程車。我在東京柏悅飯店，為你們四人訂了房，不過房錢要由你付。」

「那酒店的房價很高吧？」

「我知道你有支付能力。」

「我們什麼時候見面？」

「明天晚上，我們在涉谷區見面。」

「我怎麼找出妳來？」

「當晚會有一場盛大的祭典，在祭典上受萬人膜拜的，便是我。」Toomi 掛掉了電話。

龍耀和莎利葉對視了一眼，兩人異口同聲的說道：「好臭屁的小ㄚ頭啊！」

龍耀看了一眼儀錶盤，猛的彈出一根針灸針，將下方的黑匣子擊穿。客機有一前一後兩個黑匣子，機前的黑匣子是艙音記錄器，會記錄事故前半小時內的對話。龍耀不想被官方追查此事，所以用針灸針破壞了黑匣子。機後的黑匣子會記錄飛行數據，那個對龍耀就沒有威脅了。

龍耀起身走向了客艙，看了一眼旁邊的空姐，對身後的莎利葉道：「抹掉她的記憶。」

莎利葉點了點頭，慢慢的打開邪眼，瞳孔裡閃起紫光。那光芒好像毒蛇一般，蜿蜒的伸了過去。

龍耀突然停住了腳步，道：「對了！把她答應陪她弟弟玩遊戲的那一段留著。」

「啊？好吧！」莎利葉答應了一聲。

龍耀來到外面的客艙，乘客們正在慶祝獲救，葉晴雲和胡培培也混在裡面。

龍耀輕輕的拍了拍兩人的肩膀，悄悄的打開了逃生門，走到了左側的機翼上，果然，看到一艘小艇。

龍耀四人乘著遊艇，來到了最近的岸上。這時候，東京海上救難隊才到達，正在著急的組織搶救。

龍耀四人與救難隊隊員擦肩而過，像是普通遊客一般，搭上計程車，向著東京柏悅飯店出發。

東京柏悅飯店位於新宿區中心，周邊是東京最繁華的商業和娛樂區。飯店的檔次也非常高，附帶各種商務和娛樂設施，甚至還提供婚禮用的教堂。

龍耀四人在進門時，保全伸手想阻攔。但龍耀正在低頭思考，沒有注意保全的動作。莎利葉看到保全伸出手來，條件反射性的給出了一拳，將對方打飛到了路對面的垃圾桶裡。

葉晴雲和胡培培的眼角都抖動了一陣，但還是忍著沒有說話，跟著龍耀走進了大廳。

龍耀來到了大廳櫃檯前，用在飛機上學會的日語，道：「我有訂房間。」

前檯小姐有些鄙夷的看了龍耀一眼，道：「先生，本飯店的客人必須要著正裝。」

龍耀低頭看了一眼校服，發現前襟布滿了褶皺，「該死！看來要處理一下了。」

「對不起，先生！我不能讓你……」前檯小姐的話還沒有說完，莎利葉的眼色便瞥了過去。

前檯小姐像失了魂一般，立刻給龍耀辦好了手續。

「謝謝！」龍耀取了鑰匙卡，轉身進入了電梯。

Toomi預訂的是一間豪華套房，四個人住在裡面綽綽有餘。葉晴雲和胡培培一進入房間，就像爛泥似的趴在了長沙發上，兩人在客機上真是累壞了。莎利葉則直衝向了冰箱，冰箱裡放著各式零食，這些都會計算在房費裡。

龍耀站在落地窗前，俯視著夜晚的東京。璀璨的燈光像螢火蟲一般，點滿了都市的每一個角落，從地下一直延伸到天上。整個城市就像一團燃燒的火，放射著無窮無盡的光和熱。

「不愧是被稱為不夜城的地方啊！」龍耀取出了智慧型手機，用GPS功能定位，道：「這裡離涉谷區不遠，看來是Toomi早就預測好的。」

「那個名叫Toomi的，真是有夠神秘的。」莎利葉道。

「是啊！」

「她不會對我們不利吧？」

「應該不會，她耗費了這麼多的工夫，不可能是為了對付我們。」龍耀脫下校服，將靈氣緩緩加持在布料上，再猛的一用力便將褶皺抹平了。校服又變成了原本整齊的樣子，像是經過了乾洗店的上漿熨燙似的。

龍耀看了一眼沙發上的兩人，見兩人已經呼呼的睡著了，便將她們抱到了臥室的床上。

「睡得跟死豬似的，而且睡相還很難看，妙齡少女就這樣嗎？」龍耀一邊抱怨著，一邊整理著校服，道：「我們去看一下涉谷區的地形，有備無患。」

「好啊！我要吃蘋果糖。」莎利葉道。

「兩個能睡的，一個能吃的，我帶著三隻豬來日本了。」龍耀邊開門邊說道。

從飯店到涉谷區約有三公里，龍耀和莎利葉決定步行前往，一方面熟習一下東京的地形，一方面領略一下日本的風土人情。

作為世界上最發達的都市之一，夜晚也不能阻止東京的喧囂。街頭的車流如彩虹一般，在寬闊的公路上劃出條條燈線。

夾著公事包的上班族臉上都是匆匆的行色，花枝招展的酒吧女站在路旁招引著客人，還有打扮得光怪陸離的年輕男女在跳街舞。

在一家古色古香的糕點小店前，龍耀買了一份日式的傳統點心。但莎利葉有點不太滿意，因為她想嘗嘗蘋果糖的味道。

店主人笑著告訴他們，平時很少做蘋果糖，因為只在祭典上熱賣。如果莎利葉非常想吃的話，明天可以去參加涉谷區的祭典。

龍耀謝過了糕點店老闆後，展開了「踏雪無痕」的輕功，向著涉谷區加速前進了。

隨著越來越接近涉谷區地段，大都市的鉛華逐漸消褪了，取而代之的是寧靜致遠的古風。

涉谷區是東京最大的神社聚焦地，長長的青石路兩側並立著幾百個石燈籠，巍峨的大鳥居一座接一座的排列著。原本浮躁的都市人一旦踏入這塊淨土，都情不自禁的放慢了前進的腳步，彷彿慢慢的走進了歷史的長廊之中。

龍耀向一名老僧打聽了一下路，得知明天的祭典設在明治神宮。

明治神宮佔地七十公頃，是市內最大的綠化地，這在寸土寸金的東京，可不僅是一個簡單的數字。

龍耀和莎利葉來到明治神宮前，首先映入眼簾的便是巨大的鳥居。鳥居高有十二米，寬十七米，重達十三噸，是日本最大的鳥居，彰顯著神宮的巍峨。

踏上鳥居下方的參道，兩側立滿了許願牌。木質的小牌在風中「嘩嘩」作響，上面寫著「一生懸命」、「頑張れ」之類的話。

在許願牌旁有一個小攤子，兩名青衣僧人站在攤後，向龍耀和莎利葉見禮後，推薦兩人也掛一塊許願牌。

龍耀撿起一塊小牌子，好奇的翻看了起來。忽然，一陣冷風從參道盡頭呼嘯而來，樹上的烏鴉同時發出淒厲的叫聲。

莎利葉吃著日式糕點，突然扭頭看到身後有一群人。這些人都穿著統一的黑西裝，陰森森的臉上滿是殺氣。

「我們好像被圍觀了。」莎利葉道。

「嗯？」龍耀放下了許願牌，慢慢的轉過身來，眼睛掃過在場眾人，道：「是一群普通的流氓。」

「哦！那就沒意思了。」莎利葉又轉回了頭去。

可忽然，有個人大吼一聲，從西裝後抽出短刀，直刺向了龍耀後心。莎利葉輕描淡寫的伸腳一絆，本來只是想將對方絆倒在地，可惜她不能自如的控制力度，竟然一腳踢斷了流氓的脛骨。

「哦！妳就會給我惹禍。」龍耀一手捂著臉道。

「哇！龍耀，去死吧！休想破壞我們的祭典！」其他的流氓大叫著，一起揮刀砍向了龍耀。

「破壞祭典？」龍耀陷入了思考之中。

日本的流氓其實都是幫派成員，這些幫派都有合法的企業外皮。流氓們除從事一些危險的工作外，大部分時間都在企業裡做普通職員。而且日本的幫派牽扯很多方面，與商政兩界有著千絲萬縷的關聯。

在龍耀思索這些事情的時候，莎利葉將流氓們全部打翻了。受傷的流氓們互相攙扶著，慌亂的逃進了夜幕之中。

莎利葉望著逃跑的流氓，又低頭吃起了點心。

就在莎利葉沒有注意到的地方，兩名青衣僧人抖了抖手，從袖子裡抽出一柄細長的直刀，猛的刺向了還在思考之中的龍耀。

千鈞一髮的時刻，龍耀突然回過神來，左右手快速的一交叉，從袖子裡抽出兩根針，分別刺進了兩僧的額頭。

「哼！從第一眼看到你們的時候，我就發現你們不是一般人。」龍耀道。

原來龍耀早就從沉思中清醒了過來，只是裝個樣子引誘兩人出手而已。此時，他用針灸針制住了兩人，想逼問兩人是什麼來歷。可忽然，兩道白煙爆了起來，兩件僧衣炸裂開來，飛出無數的手裡劍。

莎利葉如幻影一般的閃身靠前，把手裡的糕點猛的丟向了天空，雙手將鐮刀旋轉成了銀盤狀，將手裡劍悉數彈飛出去。龍耀伸手接住了糕點袋子，然後看向了那兩名僧人，見原地只剩下破碎的布料。

龍耀撿了一塊糕點吃下，道：「是忍者。」

「忍者？」莎利葉驚訝的道。

「忍者是日本的一種特殊兵種，專司刺殺和哨探，擅長潛行和偽裝，是歷史上最早的特種兵之一。」

「還有這種人嗎？真是太神奇了！」

「是啊，我以前也只是聽說，今天還是第一次見到。」

「可他們為什麼要刺殺你？」

「不知道！但我覺得和加里．科林有關。」龍耀抬頭望向了夜空，東京的天空滿是燈光，星月都被遮擋住了。

「下面我們該怎麼辦？」

「忍者來無影，去無蹤，根本沒法查。但流氓的人數眾多，應該不會很難找。」

「那現在就去找。」

「不用急！我們先回飯店，明天有很多時間。」龍耀道。

現在是凌晨三點鐘，葉晴雲甦醒了過來，但意識還沒有清醒。感覺到身上的校服太硬，葉晴雲便隨手脫了起來。

從窗戶漏進的燈光猶如小夜燈一般，將葉晴雲裸露的肩膀照得雪亮，好似一彎印在湖水中的新月。

葉晴雲半閉著眼睛，將校服放到一邊，又解起胸罩來。當兩條肩帶都鬆開，露出半個圓潤的玉球時，葉晴雲突然聽到了咀嚼聲。

「哇……」葉晴雲從迷糊中驚醒過來，瞪圓了淚汪汪的大眼睛，看向床邊窗戶後的人影。

龍耀安靜的坐在明亮的窗戶後面，手裡握著一顆缺了一口的蘋果。燈光從後面照亮了他的輪廓，在窗後呈現出一個黑色的剪影，只有兩隻眼睛處閃著紫色的熒光。

龍耀輕輕嚼著蘋果，道：「看起來很水嫩。」

「呃……」葉晴雲不知所謂的應道。

「形狀也很漂亮。」

「呃……你是在說蘋果嗎？」

龍耀沒有回答葉晴雲的話，而是繼續像美食家一樣，評論道：「體積比想像的要大，原來妳的身材是穿衣顯瘦型的。」

「啊！」葉晴雲尖叫了一聲，將被子拖到下巴處。

「嗯！不錯。秀色可餐……」龍耀的話還沒有說完，就被枕頭給丟倒了。

「你一直就坐在那裡嗎？」葉晴雲一邊扣內衣，一邊羞澀的問道。

龍耀從地上爬了起來，平視著窗外的夜景，道：「當然不是了！我可沒妳那麼懶。」

「那你都做什麼了？」葉晴雲越是心急，越是扣不緊內衣。

「我去看了一下涉谷區，中途遇到了流氓和忍者。返回的路上去了一趟銀座，替妳們買了幾套衣服，還給莎利葉買了很多棒棒糖。」

「呃……你沒有給自己買什麼嗎？」

「買了！買了一些蘋果。」

「我是指衣服。」

「那個就不需要了，我習慣穿舊衣服。」龍耀翻了翻購物袋，從中抽出一件胸罩，道：「這是給妳的，不過可能會小一點，沒想到我的眼光也有看錯的時候。」

「呃……謝謝……」葉晴雲尷尬的道了一聲謝，將扣不緊的內衣換了下來，穿上了龍耀新買的那一件。

「還有內褲。」龍耀捏起一件小小的三角內褲，道：「女人的內褲只有男人的三分之一大，可價錢卻在三倍以上，商人真是會賺錢啊！」

「啊！這個也謝謝。」葉晴雲一把奪過了內褲，剛想掀開被子穿上去，忽然意識到龍耀在一旁看著。

「妳不用在意我，就當我不存在。」龍耀擺出一副很體諒人的樣子道。

「我當然會在意了，你給我出去！」葉晴雲叫道。

龍耀聳了聳肩膀，走進外面的客廳，坐到了長沙發上。莎利葉斜躺在沙發的另一邊，懷裡抱著一大堆棒棒糖，正歪著小腦袋看日本的電視劇。

「都出國了，妳還在看偶像劇，真被我媽媽教傻了。」龍耀道。

「哼！用不著你管。」莎利葉噘嘴道。

龍耀按下遙控器，換了一個新聞臺。新聞正在報導東京灣的空難事件，記者詢問遇難乘客當時的情況時，得到的回答卻是：「天使救了我們。」

記者非常的鬱悶，又去詢問空姐的感想，空姐卻激動的回答道：「只想儘快回家，陪弟弟玩遊戲。」

「看來可以糊弄過去了。」龍耀道。

「我覺得更混亂了。」莎利葉搖了搖頭。

龍耀打開了智慧型手機，開始搜索祭典的資料，提前為明晚做準備。

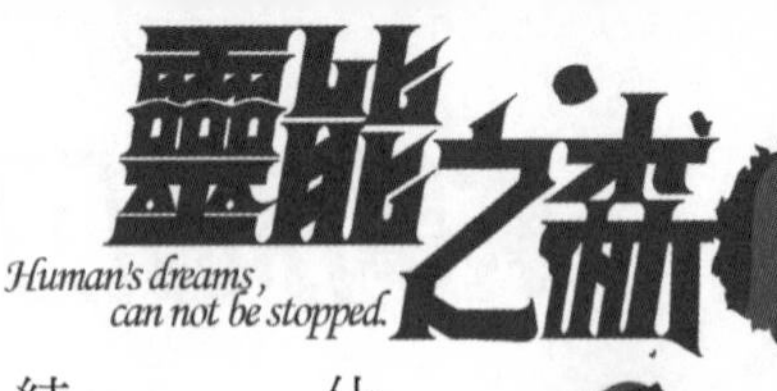

忽然，臥室的門「磅」的一聲打開了，葉晴雲怒氣沖沖的走了出來，道：「龍耀，你買的是什麼衣服？」

「嗯，有什麼不對嗎？」龍耀抬頭看去。

葉晴雲穿著一件日式校服，上身是白色的水手服，藍色寬領披在肩膀上，領下紮著紅色領結，下身則是藍色的百褶裙，裙襬短到只能包住大腿。只要稍微讓裙襬飄高一下，就能看到她大腿內側的靈樹印記。

「為什麼是日式校服啊？」葉晴雲問道。

「學生當然要穿校服。」龍耀道。

「可裙子太短了，我會被凍死的。」

「是嗎？我看街頭很多日本女孩都穿著短裙。」

「她們已經習慣氣候了。」

「那莎利葉穿短裙，也沒有說冷啊！」龍耀看向了莎利葉，見銀白色的短裙下，兩條小腿在搖晃著。

「別拿我跟天使比。」

「好吧！那再加上厚褲襪和保暖貼，就應該沒有問題了吧？」

「你一定要我穿水手服嗎？」

「是啊！入鄉隨俗嘛。」

葉晴雲攥緊了拳頭，生氣的返回臥室，只留了一句話，道：「你這個變態制服控。」

龍耀戳了戳手機，道：「網路上說，給女人買衣服，她們會很高興的。」

莎利葉翻了一個身，道：「那明顯是騙人的，給女人買棒棒糖，她們才會高興。」

龍耀白了莎利葉一眼，道：「那是對十四歲以下的女人吧？」

神巫女十御

次日，龍耀四人分成兩組，去搜索涉谷區附近，希望找到昨天的流氓。龍耀和葉晴雲一組，莎利葉和胡培培一組，這樣分組主要是因為語言。龍耀已經熟練的掌握了日語，而莎利葉是龍耀的召喚靈，可以從龍耀處獲得常識性的知識。

龍耀帶著葉晴雲轉了兩圈，始終沒有看到昨天的流氓，倒是葉晴雲的水手服引來不少色狼。最後，龍耀不管三七二十一打了一個色狼，然後逼問他附近有什麼幫派組織。那色狼實在是捱不住痛苦，說出涉谷區只有一個幫派，且這個幫派與神社有關聯。

龍耀將色狼頭朝下舉起來，插進了不可回收垃圾桶裡，道：「很好！終於有結果了。」

葉晴雲雙手緊壓著短短的裙襬，道：「都怪你讓我穿這種奇怪的衣服，今天被好多色狼偷窺了。」

龍耀看了一眼葉晴雲的短裙，伸手將裙襬稍稍拉高了一點，露出裡面乳白色的保暖褲襪，道：「根本什麼也看不見嘛！就算是我，如果不用靈能力，也無法看到褲襪下面……」

葉晴雲趕緊一手壓住裙襬，一手拍在龍耀腦門上，道：「你不准對我使用靈能力啊！」

龍耀聳了聳肩膀，道：「我才沒那個閒心呢！」

龍耀按照那色狼提供的地址，走向了附近的一幢辦公大樓。大樓前的招牌上寫著「涉谷借貸金融公司」，門邊還站著兩個戴著黑墨鏡流氓。

那兩個人可能已經不認識龍耀了，但龍耀卻一眼便認出是昨晚的人。昨晚的流氓實在太多了，站在後面的人根本看不清龍耀的樣子。但龍耀有著過目不忘的記憶，只要一眼便能將毫末記於心中。

龍耀站在樓下看了一會兒，道：「原來是放高利貸的啊！」

「喂！小子，滾開、滾開，別打擾我們做生意。」一個流氓叫道。

「你怎麼知道我不是來貸款的？」龍耀淡然的道。

「你一個窮學生用什麼來抵押？」流氓咧嘴嘲笑了起來，可忽然看到葉晴雲，臉上浮現出了色相，道：「哦！如果你想拿你女朋友做抵押的話，那我們老闆倒是可以考慮一下。」

「好吧！那就拿她做抵押，不過她可是很貴的。」龍耀道。

兩名流氓對視了一眼後，便接著哈哈大笑了起來，道：「真有意思啊！那請進公司詳談吧。」

葉晴雲眨巴著無辜的大眼睛，始終沒有弄明白這是什麼情況，只見流氓色迷迷的瞧著自己，然後便爽快的讓她和龍耀進入了。

四人進到了密閉的電梯間裡面，兩個流氓不懷好意的看著葉晴雲，終於忍不住向她的屁股伸出了手。龍耀依然非常的淡定，眼睛一直盯在電梯面板，但手卻一把抓住了流氓，將兩人的頭撞在了一起。

「噗」的一聲悶響，兩個流氓當場暈了過去，鮮血塗滿了大部分的樓層面板，只剩下最上面的一個按鈕。

龍耀的眼睛依然關注著樓層面板，伸手按下了最上面的那個按鈕。

葉晴雲心驚膽戰的挪了挪腳步，小心翼翼的不碰到地板上的血，道：「最上面的那個按鈕，什麼提示也沒有標注啊！」

龍耀伸手攬住葉晴雲的纖腰，將她抱到身邊乾淨的地方，道：「我在樓外數過樓層數了，這面板上少了一層，這個按鈕應該就是最高一層，想必是幫派老大的藏身之處。」

葉晴雲輕偎在龍耀的懷中，纖腰上傳來他手心的溫度，俏臉又慢慢的變紅了起來。

龍耀一邊關注著電梯，一邊淡然的說道：「妳的體溫正在上升，難道真的感冒了？」

「不！不！不是啦！你這笨蛋……」葉晴雲想推開龍耀，但龍耀卻突然抱緊了。

「啊！討、討厭，別在電梯裡……」

葉晴雲的話還沒有說完，電梯的自動門便打開了，門外站著一群持槍的流氓，不由分說就開槍亂射起來。

輕重槍械激烈的打了三分鐘，電梯間被打得跟漏壺一般。

「停下！」一名小頭目招手喝停，然後走上前去觀察。

他的腦袋繞電梯間轉了一圈，正奇怪屍體去哪裡的時候，忽然頭上傳來了一聲咳嗽。龍耀用龍涎絲懸掛在上方，懷裡還抱著受驚非小的葉晴雲。

「啊！不好！」小頭目剛想逃開，被龍耀一腳踢翻。

龍耀從電梯間裡翻了出來，將木偶一般的葉晴雲擺正，然後揪起了小丫頭的衣領。流氓們見到了這一幕，都畏畏縮縮的不敢向前了。

「我要見你們頭目。」龍耀道。

「大爺我來了！」

隨著一聲野蠻的叫囂，流氓們分開站向兩側。一個中年胖子走了出來，臉上縱橫著幾條刀疤，肩上扛著一支舊式的火箭筒。

那胖子在看到龍耀的第一眼，便按下了火箭筒的扳機。

在這種密封的走廊之中，使用大範圍的爆炸武器，看來這胖子是孤注一擲了，要與龍耀拚個魚死網破。

龍耀看著火箭彈飛了過來，準備發動「奪天地一氣」的靈訣，但是一旁的葉晴雲突然大叫起來。

「時間停滯吧——」隨著葉晴雲的一聲驚叫，她的靈能力發動了起來，周圍的時間一下子停止了。

冒著尾焰的火箭彈，懸停在了龍耀的面前。後面的小流氓也定格了，擺出各種恐懼又滑稽的姿勢。胖子頭目明顯是養尊處優慣了，被火箭筒的反彈力撞在了牆上，大肚子上的脂肪還掀起了波紋。

龍耀回頭看了一眼葉晴雲，道：「不要隨便發動妳的靈能力！妳的體質太差了，一天只能使用幾次，這每一次可都是很寶貴的。」

「可是……太可怕了。」葉晴雲道。

「有我在，不用擔心。」龍耀將手按在火箭彈上，道：「奪天地一氣。」

火箭彈中的靈氣瞬間被吸收了，當葉晴雲讓時間再運行之後，便像一塊石頭似的掉在了地上。旁邊的小流氓都逃了出去，有的甚至慌不擇路直接跳樓了。

龍耀手裡拿著火箭彈的力量，邁步走到了幫派頭目的面前，將手掌朝著他慢慢的打開。

「啊！不要啊！」幫派頭目恐懼的大叫起來。

龍耀在張開手的一瞬間，將手掌平移向窗戶。轟然一聲爆響，窗戶像被火箭彈擊中一般，連著半塊混凝土牆一起炸飛了。

龍耀吹了吹手中的硝煙，道：「聽說你的幫派跟神社有關係，看來你對玄門術法也很瞭解。」

「呃……我只是見識過，但卻不會使用。」

「昨晚是誰指使你們對付我的？」

「我、我……我是不會說的。」幫派老大還在嘴硬。

「看來得上大刑了。」龍耀拉出了一根長針灸針，輕輕的插進了對方的指尖。

幫派老大發出了刺耳的嚎叫，好像屠宰場裡的肉豬一般。葉晴雲被嚇得心肝亂跳，捂著耳朵轉過了頭去。可她突然看到對面的牆壁一動，接著一塊與牆壁同色的白布飄起，裡面跳出了一名蒙面忍者。

「咦！真的有忍者啊！」葉晴雲驚叫道。

忍者的潛行技術極為高明，就連龍耀也沒有覺察到。聽到報警聲之後，他才猛的抱住葉晴雲，向著旁邊的房門撞去。

兩人撞碎了一扇木門，抱在一起翻滾了進去。

與此同時，無數的手裡劍飛了過去，將幫派頭目刺成了蜂窩。如果龍耀沒有聽到警報的話，那他和葉晴雲也會是同樣的下場。

葉晴雲迷迷糊糊的平躺在地毯上，感覺身上有一個人的體重。龍耀靜靜的趴在葉晴雲的胸前，扭頭冷靜的觀察著門外的情況，雙手不自覺的抓著葉晴雲的胸部，已經把她的乳肉從指縫裡

擠出來了。

「唔唔！好痛。」葉晴雲又羞又痛，一腳將龍耀蹬了出去。

龍耀從房內滾到了走廊上，忍者馬上又發出一波手裡劍。龍耀急中生智抓住了門板，頂著手裡劍風暴衝了上去。

在門扇要衝到忍者身邊的一瞬間，忍者的腳下爆起了一股白煙。趁龍耀的雙眼被遮擋的機會，忍者展開背後像風箏似的翅膀，猛的撞碎玻璃跳到了高高的樓外。

正當忍者以為又會像昨晚一樣脫逃時，忽然一個拍著翅膀的女孩擋住了他。莎利葉猛的揮出了鐮刀，一刀削斷了風箏翅膀，又一腳將忍者踢了回去。

莎利葉收起巨大的羽翼，飛進了破碎的樓層之中。

「不要隨便顯示真身，被人看到就麻煩了。」龍耀訓斥道。

「周圍又沒什麼人。」莎利葉噘了噘嘴，道：「我是感應到你有危險，才過來替你解圍的。」

龍耀無奈的搖了搖頭，把受傷的忍者拉了起來，卻發現他已經服下劇毒了。

「嘿嘿！你不會從我口中得到任何秘密。」忍者痛苦的笑道。

「那可不一定。」龍耀看向了莎利葉。

莎利葉輕輕的點了點頭，用手指醮起了一點血水，在忍者的額頭上畫了一個印記，道：「死者的靈魂都由我掌控。」

忍者的靈魂被抽離了出來，搖搖晃晃的飄浮在半空中。

「是誰派你來刺殺我的？」龍耀問道。

「蘆屋道志神官。」忍者的靈魂道。

「蘆屋道志是什麼人？」

「當今日本的第一陰陽師。」

「在哪能找到他？」

「今晚的祭典會由他主持。」

龍耀和莎利葉對視了一眼，感覺這事會與Toomi有關。龍耀還想再問幾件事，卻見靈魂變得扭曲，最後化成輕煙消失掉了。

「怎麼回事？」龍耀道。

「當人類的肉體死後，靈魂就會走向陰界。就算我用魔法強留，也是有時間限制的。」莎利葉道。

這個時候，大樓外響起了警車的聲音，東京的警察注意到了爆炸，將四周的街道全部都封鎖起來了。

龍耀走到破碎的窗戶前，向著對面的大樓射出龍涎絲，又轉頭向葉晴雲招了招手，道：「我們走。」

葉晴雲紅著臉，走到龍耀面前。龍耀抱緊葉晴雲的纖腰，像蜘蛛俠一般盪了出去。莎利葉展開翅膀跟著，一起消失在了樓宇之間。

幸虧這段時間裡，大家都在準備祭典，附近的樓房都空掉了，所以周邊的居民都沒有眼福觀賞到這只在漫畫裡才會出現的一幕。

龍耀在小巷裡繞了一圈，轉到了警方的包圍圈外。胡培培正焦急的等在那裡，看到龍耀三人出現才舒了一口氣。

「我還以為你又要被警察抓去了。」胡培培道。

「放心吧！除了妳那莽撞的老爹，沒有警察會來抓我的。」龍耀淡定的招了招手，領著大家離開了。

在他們四人的身後，一排排的防暴特警正準備強攻大樓。

在一家日式的小餐館裡，龍耀四人解決了午飯，然後坐到下午三點鐘，才慢慢的走向祭典處。

涉谷區的街道早已變得人山人海，穿著傳統服裝的遊客們徜徉其間。花燈、彩幡沿街道掛開，將街道點綴的如同花園一般。

龍耀站在擁擠的人群之中，觀察著周圍遊客的穿戴，道：「我太大意了！」

「怎麼了？」葉晴雲緊張的問道。

「我忘記給妳們買和服了。」

「你這個變態制服控。」

「不、不！我只是為了妳們的安全，想讓妳們隱藏在遊人之中。」

「我才不信呢！」

「唉！好心當了驢肝肺。」龍耀捏著下巴想了一會兒，道：「等回家前，我買一件和服送給林雨婷當伴手禮吧！她應該會高興的。」

「啊！不送我嗎？」

「送妳幹嘛？妳又不喜歡。」

「我、我、我不想在外人面前穿，但是可以單獨穿給你看……」葉晴雲還在猶豫的時候，龍耀已經被莎利葉拉走了。

莎利葉把龍耀拉到小店前，道：「我要蘋果糖。」

龍耀買了三根蘋果糖，送給莎利葉、葉晴雲、胡培培，然後跟店老闆攀談了起來。

「老闆，你知道蘆屋道志這個人嗎？」龍耀道。

「當然知道啦！他是今晚祭典的主持者啊！」

「在哪能見到他？」

「在祭典的大舞臺旁邊，有一個神官裝扮的人，那就是他了。」

「哦……」龍耀還要問些事情，卻被鼓聲打斷了。

大街上，響起了一陣震天的鼓聲，人群自動分開向兩側。一架長刀鉾在幾十個壯漢的簇擁下，氣勢雄壯的出現在街道的盡頭，這也宣布祭典儀式正式開始了。後面還帶著一長串的山鉾，每一架都由幾十人用肩抬著，上方還有跳著傳統舞蹈的少女。

「看起來很熱鬧嘛！但願不要逼我在祭典上大開殺戒。」龍耀雙手抄在胸前，道：「我們去主舞臺。」

主舞臺設置在明治神宮內，這裡也是山鉾巡行的終點。

龍耀在巡行的隊伍到來之前，便進入神宮找到了制高點，可以在這裡俯視整個舞臺的情況。

天暗下來後，神宮內外燃起了燈籠，舞臺上則架起氙氣燈。古典和現代的絕妙組合，呈現在這盛大的祭典上。

隨著山鉾巡行的完畢，舞臺上的演出開始了。

開始的幾幕都是日本的傳統舞臺劇，龍耀雖然不太瞭解日本的古文化，但能看出是祈求平安、保佑豐收之類的內容。

在舞臺演出接近高潮之時，一個陰陽師穿戴的人出現了。這人大約六十多歲，面相清瘦矍鑠，看起來頗有幾分仙風道骨。他手裡握著一根青玉石杖，杖頭上雕著八個頭的蛇。

「看來此人就是蘆屋道志了。」龍耀道。

莎利葉點了點頭，道：「雖然他有意隱藏實力，但靈氣依然非常龐大。」

「以靈能者的等級類比，妳推測他能有多少級？」

「你現在的靈能等級是LV4.5，我推測他大約高你半級。」

「LV5級的嗎?那我們可以對付他。」

其實，LV5和LV4.5之間的實力，並不像數字上只差了0.5。因為LV5是一道難越的鴻溝，與LV4的差距有幾十到幾百倍之大。

但龍耀依然有信心勝過蘆屋道志，因為他有莎利葉這個召喚靈在身邊，兩人聯手的實力會爆發式的增長。

不過，莎利葉可沒有那麼樂觀，她盯著蘆屋道志的石杖，道：「那根枴杖有些奇怪!可能封印著強大的力量。」

「哦!」龍耀慢慢的打開了第六感，試著掃描那根青玉石杖的秘密。但在意識接觸到石杖的一瞬間，卻突然被一股邪力給反彈了回來。

龍耀全身一震，差點摔倒在地。莎利葉扶住了他，問道:「什麼情況?」

「不知道!杖內有極強的邪力。」龍耀抽出兩根針，扎在了額頭兩側，暫時鎮住了心神。

「果然不好對付。」莎利葉輕嘆了一口氣，忽然瞳孔收縮，道:「加里·科林出現了。」

龍耀放眼望向舞臺的一側，見加里·科林招搖過市，並與蘆屋道志親切握手，最後一起坐到貴賓席上。

「這兩個傢伙果然勾結在一起，不過不知道是出於什麼目的。」龍耀道。

最後的壓軸戲終於開始了，先是一群巫女跳傳統舞蹈。第一支跳的是劍之舞，第二支則是弓之舞，描繪的好像是古代神明與惡鬼之戰。等第二支舞結束後，巫女們都退到臺後，有一個小女孩出現。

這女孩出現的一瞬間，四周的氣氛頓時一變。明治神宮裡的所有燈籠都跳動著，外面的樹林搖起「嘩嘩」的波濤，宿在樹林中的萬鳥都鳴叫了起來。天空中旋著一股清爽的風，以小女孩為中心環繞擴展，吹拂著在場每一個人的臉。

女孩穿著紅白相間的千早衣，衣襟上用金線繡著松鶴紋。頭戴著金質的前天冠，長長的頭髮分成幾縷，用白色檀紙包裹後，再用麻繩分束成小股，分別散落在胸前和後背。

女孩臉上戴著狐仙面具，手持著一串精緻的神樂鈴。神樂鈴呈塔式結構，分上、中、下三個部分，分別是三、四、五個鈴鐺，手柄後附有綠、黃、紅、白、青五色彩帶。

鈴鐺慢慢的搖響起來，靈氣也隨之逐步提升，直至到達一個恐怖的境界。在場的普通人都被震撼住了，竟不由自主的下跪膜拜了起來。

胡培培竟也漸漸的不支，「撲通」一聲跪倒在地上。葉晴雲也差一點被震倒，幸虧被龍耀攬住了腰。龍耀與莎利葉對視了一眼，兩人的臉上都寫滿了震驚。

女孩輕輕的搖著神樂鈴，慢慢的跳起了最後一段舞，這一段好像是說神鬼大戰後，人類崛起並重建家鄉的故事。

隨著舞蹈的進行，靈氣越發強大。

越來越多的人跪倒了下去，就連不在場的遊客也跪在了路邊，整個涉谷區的人都變成了祈禱姿態。

「Toomi說，當晚接受膜拜的人便是她。」龍耀道。

「從這股強勁的靈力看起來，幫助我們停住飛機的也是她。」莎利葉道。

「實在是太強大了！靈氣濃厚得簡直就要顯形了，我從來沒有見到過這麼強的。」葉晴雲有些痛苦的說著，Toomi的靈氣壓得她有點喘不過氣來。

「她跟我們的靈氣相同，難道也是一位靈能者？」

莎利葉輕輕的搖了搖頭，道：「感覺不太像是靈能者，但她的確在使用靈能。」

「妳推測她有多少級？」龍耀道。

「她的靈能力遠高於李洞旋，也就是說至少有LV7了。」

葉晴雲的眼睛猛的瞪圓了，道：「不可能的！LV7是傳說中的等級，據說只有八個人到達。而且你看她的年齡才十二歲左右，怎麼可能到達那麼高的靈能等級？」

「可妳也感覺到了！還有別的解釋嗎？」龍耀抬頭看向了天空，見上空仍在滙集靈氣，就像高氣壓籠罩在天空中。

忽然雲板響過了三聲，Toomi發出了唱詞，嗓音中帶著幾分稚嫩，唱調是古典的和風歌劇。

兩月之交，一生所託。

雲路萬里，渡海而來。

匕隱於懷，劍懸於梁。

生寄於土，秘藏於發。

龍蛇相爭，三可勝八。

一人所持，二十四萬。

水滿則溢，日盈則虧。

諸行無常，夢有破時。

在Toomi唱這段歌詞時，蘆屋道志忽然站了起來，情緒激動的瞪視著舞臺，但又慢慢的坐了回去，陷入了深深的思索之中。

唱完這一小段之後，Toomi輕震了三下神樂鈴，身後猛的揚起數千張神符。神符在她的靈力催動下，飛散向了涉谷區的每一個角落。舞臺下的觀眾一邊感謝，一邊爭搶著這些護身符。在這個氣氛最熱烈的時刻，Toomi緩緩的退到了臺後。

龍耀俯視著下方，道：「我們去後臺看看。」

龍耀四人想進入後臺，卻被巫女給攔下了。兩名巫女身持著薙刀，看來是神宮的侍衛。

「俗人不可打擾十御大人休息。」巫女警告道。

「十御？」龍耀思索了一下，突然聽明白了，Toomi是「十御」的羅馬拼音寫法，所以十御才用了「Toomi」這個網路ID。

「速速退下。」巫女將薙刀向前逼了逼。

莎利葉突然伸出了兩指，夾住了鋒利的薙刀刃，「噹」的一聲掰斷成兩半。巫女驚訝的剛要喊叫，又被莎利葉的邪眼壓制住。

龍耀推開後臺的門，邁步走進了化妝間。

化妝間裡十分昏暗，架子上掛滿了服裝，但卻沒有一個人影。龍耀推開了幾件擋路的衣服，忽然看到梳妝臺後有燭光，十御就安靜的坐在那裡。

龍耀感覺四周的氣氛有些詭異，便暗中使用了「一氣化三清」，用一個分身走向梳妝臺，而本身卻留在衣服架後。

龍耀的分身伸手拍在了十御肩頭，可十御突然化成一堆毒蛇。毒蛇從千早衣中奔了出來，如洪水一樣撲向了龍耀的分身，瞬間將分身咬得支離破碎。

「噗」的一聲煙霧噴了出來，一名忍者出現在梳妝臺後，看了一眼必死無疑的分身，道：「任務完成。」

「還差得遠呢！」龍耀掀開衣服，從容的走了出來。

「咦！」忍者在吃驚的同時，向腳下擲出煙霧彈，準備借煙霧逃走。

「這次可不會讓你如願了。」龍耀將雙手交叉著向袖中一插，猛的使出「袖裡藏龍」的秘技。

十根捆綁著針灸針的龍涎絲，呈螺旋狀的放射出去，雖然大部分都扎偏了，但還是有一根刺

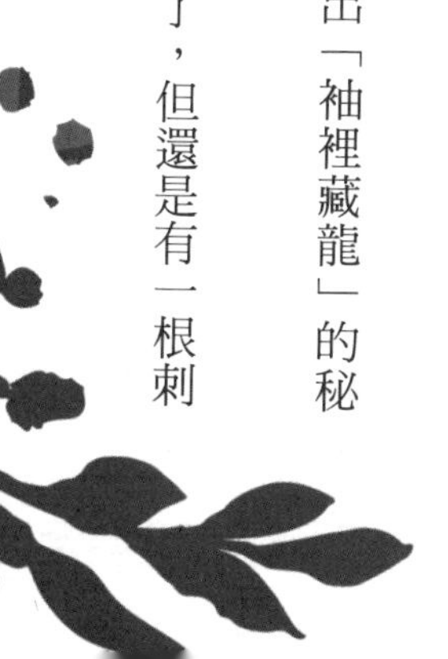

中了忍者。

龍耀猛的收緊龍涎絲，將忍者從白霧中拖了出來。但那忍者卻絲毫沒有畏懼，一口咬碎了牙後的毒藥。當龍耀將他拖到面前時，忍者已經吐血而亡了。

「真是令人生畏的忠誠之心啊！」龍耀無奈的搖了搖頭。

這時，莎利葉三人跟了上來，問道：「要使用召魂之術嗎？」

「不必了！他知道的不會比上一個人多。」龍耀道。

葉晴雲四處看了看，道：「Toomi好像離開了，我感覺不到靈氣。」

胡培培雙手抱著肩膀，道：「太可怕了！那靈氣就像鉛塊一樣的沉重，壓得我腰桿都直不起來了！」

「走吧！」龍耀帶著三人走出了後臺，卻赫然看到驚人的一幕。

蘆屋道志和加里．科林站在一起，兩側分立著幾十名忍者，每人手中都有一堆手裡劍。

「龍耀，又見面了。」加里．科林笑道。

「加里．科林，維琪在哪裡？」龍耀問道。

「呵呵！你死到臨頭了，還有空管別人？」

「哼哼！你要是有能力殺我，我也不會出現在這了。」龍耀又轉頭看向蘆屋道志，道：「蘆屋神官，你真要與加里・科林合作嗎？他在飛機上為了殺掉我，竟然把親信當作炸彈，這種人值得信賴嗎？」

蘆屋道志依然保持著淡定的神態，彷彿沒有聽到龍耀說什麼一般。

但加里・科林卻有些心慌，道：「蘆屋神官，別聽他胡說，他是來搞破壞的，他不僅要帶走維琪，還會搶走十御的。」

「嗯！」蘆屋突然吹起了鬍子，狠狠的瞪了加里・科林一眼，道：「請稱『神巫女十御大人』。」

「呃……是、是，在下失禮了。」加里・科林道歉道。

龍耀的嘴角露出一絲不易察覺的微笑，因為他發現對方的合作不是很緊密，他有很大的機會分化這個脆弱的同盟。但眼下，自己還處於困境之中，手中沒有任何籌碼，自然也沒有什麼說話權。

蘆屋道志向忍者遞了一個眼色，忍者們忽然丟出了手裡劍。幾百柄手裡劍如同飛蝗，鋪天蓋地的撲了上來。

龍耀猛的抓住了胡培培，將她擋在了三人前方，然後慢慢的退回後臺。

「啊！好痛。」

葉晴雲被手裡劍劃中，上臂立刻濺出了血花。

龍耀放開了胡培培，將葉晴雲拉到了懷中，趴在她手臂上吸了一口，然後將血吐在了牆上，道：「沒有毒！看來蘆屋道志還不算很壞。」

「我受傷更重，你怎麼不管？」生著悶氣的胡培培站在牆邊，摘著扎進肉裡的手裡劍，就像在摘衣服上的蒼耳似的。

「好啦！別鬧小孩子脾氣。」

龍耀幫胡培培摘下了手裡劍，又道：「對了！妳以後多吃點，盡量讓身體寬些，這樣才能當個好肉盾。」

「哼！我明天就減肥。」胡培培氣呼呼的道。

四人雖然暫時避開了攻擊，但忍者還在屋外行動著。他們找來了毛竹製的長槍，從木屋的縫隙刺了進來。

莎利葉眼急手快的抽出鐮刀，將毛竹斜切的尖頭砍斷。但這只能算是一個開始，毛竹被砍斷之後，忽然爬出來大堆的毒蛇。

葉晴雲被蛇嚇得腿軟，跳著腳躲進了龍耀懷中。龍耀打橫抱起了葉晴雲，與莎利葉、胡培培背對背的靠在一起。

很快，屋子裡便聚集了幾百條蛇，一起搖頭吐信的向前爬動。

010 秘藏於發

在這危機時刻，忽然地板顫動了起來，一個高高隆起的小土堆，像是老鼠似的鑽了過來，停到了龍耀的腳旁。

下一秒鐘，一陣塵土爆飛了起來，土堆中跳出一名忍者。但是這名忍者卻與外面的大不相同，雖然他也穿著緊身的忍者衣，可是卻帶著光澤的紫黑色，肩肘處披著硬殼似的鎧甲，鎧甲上還鑲嵌著尖刺。頭盔額前帶有彎勾形的裝飾，臉上戴著一副黑色的護目鏡，整張臉都遮擋在黑面罩之中。

更讓人驚訝的是他的身材，他魁梧的如同一頭牛似的，身高恐怕要在兩米以上，上半身呈完美的倒三角形，橫練的肌肉突顯在忍者衣下，背後左肩上插著一把忍者刀，右肩上側背著一道卷軸。

不過，雖然他有著如此高大的身材，卻一直處在彎腰半蹲的姿勢，一隻手輕輕的按在地上，另一隻手則始終不離開刀柄，時刻保持著猿猴一般的警惕狀態。

「百地壘，奉十御大人之命前來，助四位朋友脫出困境。」來者用沙啞卻有力的嗓音道。

「十御的手下？」龍耀問道。

「正是，請隨我來。」百地壘伸手握住龍耀的手腕，像是潛水似的鑽進了地裡。

龍耀的身體一震，跟著沉了下去。葉晴雲被龍耀抱著，也跟著一起落了下去。莎利葉趕緊一手抓住龍耀，另一隻手攥住了胡培培的衣領。

五人像是小火車似的，首尾相接的進入地下，穿行了十多公里後，來到了涉谷森林外。

「噗」的一聲，地面爆起一個小土堆，百地壘拖著四人跳出了地面，又以三肢著地的姿態警戒起來。

過了好一會兒，龍耀才回過神來，問道：「這就是忍術嗎？」

「正是。」百地壘道。

「太神奇了！是什麼原理？」

「抱歉！此乃伊賀忍者的秘術，在下不能輕易洩漏。」

「哦！十御呢？」

「十御大人已被蘆屋神官送走。」百地壘掏了掏忍衣內的口袋，摸出一張折疊得很小的紙包，道：「十御大人讓我交給您。」

龍耀奇怪的接過了紙片，打開之後沒有發現字跡，只有一根女孩子的髮絲。

「這是什麼意思？」龍耀問道。

「神巫女大人的意思，在下不敢妄自揣測，還請您親自思索吧！」

「我知道了。」

「那麼，在下就此告辭了。」百地壘準備離開了。

莎利葉卻突然張口，道：「等一下，你站直了，讓我看看。」

「呃？是。」百地壘頂天立地的站直了身軀，然後將雙手對握在一起，兩根食指並立在額頭前，隨著一陣煙霧潛地走掉了。

莎利葉吐了吐舌頭，問道：「有多高？」

「兩米三一，一百四十公斤。」龍耀的眼睛不比儀器差，估測的數據是不會有錯的。

「有這種身高和體質竟然做忍者，去做籃球運動員不是更好嗎？」

「百地壘，看來也是一個有故事的人啊！」龍耀收好了那根頭髮，帶領三女返回飯店。

坐在房間的客廳裡，龍耀反覆看著髮絲，猜不透十御的目的。莎利葉躺在沙發上吃糖果，胡培培又趴在床上睡著了，這兩個傢伙完全幫不上忙。

葉晴雲洗了一個熱水澡，裹著一件浴袍走了出來，看到龍耀專注的樣子，酸溜溜的說道：「不會是定情信物吧？古代女子可是會用髮絲私訂終身的。」

「妳是偶像劇看多了吧？」龍耀把髮絲舉過了頭頂，對著燈光觀察了一會兒，道：「十御又不是笨蛋，不會做那種無意義的事。」

「哼！那你的意思是，我是一個笨蛋了？」

「不要無理取鬧。」龍耀正在專心思索，不想跟葉晴雲辯論。

葉晴雲知道再說下去，只會惹得龍耀不高興，便取出吹風機吹頭髮了。長長的青絲飄揚起來，不斷撩撥著龍耀的視線。龍耀突然意識到了什麼，伸手抓住葉晴雲的秀髮，從中抽出一根長頭髮。

葉晴雲被嚇了一跳，扭頭驚訝的看向龍耀。龍耀沒有搭理葉晴雲，而是把兩根頭髮並在一起，髮質的不同立刻對比了出來。

葉晴雲的頭髮有著東方人的特質：細軟、光澤、堅韌。而十御的那根頭髮卻有些不同，髮質細而堅硬，帶有靈性的光，韌性十分的驚人。

龍耀慢慢的拉斷了葉晴雲的頭髮，道：「用力大約一點二牛頓。」

龍耀又慢慢的拉斷了十御的頭髮，道：「用力大約十二牛頓。」

「我的頭髮已經很健康了，她的頭髮竟然是我的十倍。」葉晴雲大吃一驚，拿過十御的頭髮，仔仔細細的捏弄了一番。

雖然葉晴雲沒有龍耀的敏銳手感，但卻有著女孩子特有的細密心思，道：「奇怪啊！她的頭髮好圓。」

「圓？」

「對啊！頭髮橫截面的形狀，亞洲人最接近圓形，但卻不是絕對的圓，而十御的頭髮好像……」葉晴雲輕輕撚著頭髮，感覺不到絲毫波折。

龍耀將髮梢對準了瞳孔，將視線凝聚到一點，看清了髮絲的橫截面，竟然是一個很完美的圓。

龍耀又伸手拉過莎利葉的頭髮，發現髮梢的橫截面是橢圓形。

葉晴雲看了發呆的龍耀，道：「越扁的頭髮，越容易打捲，所以莎利葉和維琪都是漂亮的捲髮；而越圓的頭髮，越容易拉直，所以我和胡培培都是天然的直髮。而像十御這種接近完美圓的，簡直就是無法弄彎的直髮了，很適合梳理她作為巫女的髮型。」

這句話突然啟發了龍耀，道：「基因優化。」

「咦，你說什麼？」葉晴雲道。

「我的第六感告訴我，十御是基因優化兒，她就是為了成為神巫女，而被人類製造出來的。」

「這太可怕了！」葉晴雲道。

「也許這根頭髮還能提供其他情報，但現在我沒有辦法詳細的分析它。」龍耀撚著髮絲，低頭沉思起來。

忽然，龍耀的手機響了起來，竟然是林雨婷打來的。

「喂！你們住在哪裡？」林雨婷問道。

「問這個幹嘛？」龍耀隨便問道。

「我現在在東京國際機場。」

「咦，妳來東京幹什麼？」

「哈哈！給你一個驚喜。」

「別胡鬧了！我現在可是很忙的。」

「哼！我也很忙的。是加里・科林邀請我來的，讓我參觀日本的生物研究所。」

「什麼研究所？」

「名字好像叫蘆屋研究所，是科林財團的合作夥伴。」

林雨婷並不知道龍耀是靈能者，也不知道加里・科林的諸般惡行。她只以為龍耀是一個天才少年，而加里・科林則是潛在的商業夥伴。

「哦……」龍耀陷入了沉思之中。

在這段沉默的時間裡，林雨婷卻生起氣來，道：「加里・科林是想秘密的拉攏我加盟，還許願我給我亞洲地區總裁之職呢，並且不讓我把此次行程告訴你。但是，但是……我當然會告訴你啦！」

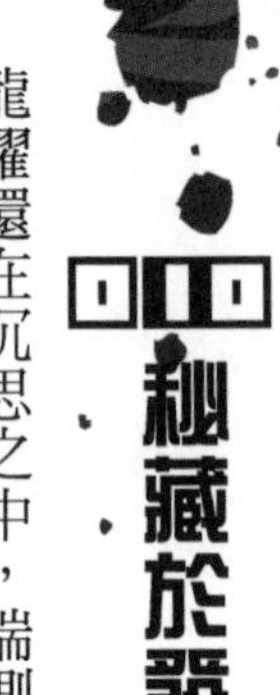

龍耀還在沉思之中，揣測加里．科林的目的。

「哼！你要是不想見我的話，我就去找日本的同學了。」

龍耀的瞳孔猛的一縮，道：「妳同學也是生物專業嗎？」

「是啊！她在大學裡做研究工作。」

「在機場等我，我馬上過去接妳。」

「啊！難得你這麼主動啊！」

「然後我們去找妳同學。」

「咦、咦！你該不會是對我同學感興趣了吧？」

「少囉嗦了。」龍耀收拾好了髮絲，準備出門去機場。

而葉晴雲急匆匆的穿好了衣服，道：「我也一起去。」

東京一行，讓葉晴雲和龍耀有許多時間單獨在一起，葉晴雲感覺兩人的關係親密了不少，本來還想讓這種趨勢繼續發展下去，可誰知林雨婷卻突然插了進來。她當然不想給林雨婷這個機會，所以也顧不得今天的勞累了，執意要陪著龍耀一起去機場。

髮絲的秘密最初是葉晴雲發現的，這讓龍耀十分看重她內心的細膩，所以也就點頭答應下來。

「莎利葉，妳留下。」龍耀道。

「好的！回來的時候，給我再捎些糖果。」莎利葉看著電視道。

「有時候，我真懷疑妳是不是一隻長翅膀的豬啊？」龍耀看著滿地的包裝紙，嘴角抽搐著走出了客房。

東京的氣溫非常的溫和，就算是最寒冷的隆冬之夜，也只有攝氏零下三度而已，只是陣陣海風吹來，濕冷的空氣很容易帶走體溫。林雨婷穿著一件長大衣，下身是套裝窄裙和絲襪，踩著高跟鞋站在機場外。

幾個青年人從旁邊路過，立刻便被林雨婷吸引了，爭前恐後的上前去搭訕，詢問她是否沒有住處，搞得林雨婷很不自在。

忽然，龍耀從黑暗中走來，牽起林雨婷的手就走。那幾個青年人想上前找碴，卻被龍耀打飛進了垃圾桶。

「啊呀呀！你急什麼啊？拉痛我的手了。」林雨婷叫道。

「快走！我們會很忙的。」龍耀道。

兩人來到了計程車前，葉晴雲就坐在裡面，身上還穿著日式校服。林雨婷向裡面看了一眼，便道：「你這個變態制服控。」

「不！不！這只是為了方便行動。」龍耀擺手道。

「哼！那你還沒有讚揚我的衣服呢？」林雨婷拉開了棉大衣，露出白色的套裝，窈窕的身材一覽無餘。

龍耀斜睨了一眼，道：「挺合身的！穿在妳身上很漂亮。」

林雨婷露出了羞澀的笑，追問道：「真的嗎？」

「不，這只是禮儀性的誇讚。」龍耀淡然的道。

「啊！我要被你氣死了。」林雨婷氣呼呼的進了計程車，道：「我們第一次見面的時候，你也是這樣對我說的。」

「是嗎？我記不得了。」龍耀坐到副駕座位上。

林雨婷本來在生氣，但聽到龍耀這麼說，卻「噗嗤」一聲笑了出來，道：「你果然還是和以前一樣。」

「懷舊的話，以後再說，馬上去見妳同學。」

林雨婷的同學也是美國麻省理工的碩士，但年齡上卻要比林雨婷大上五歲，因為林雨婷曾經跳過五次級。

林雨婷和同學兩人先敘了一會兒舊，又提起現在的工作情況，在龍耀的不斷催促下，才開始化驗十御的頭髮。

DNA樣本很快化驗完畢，兩人看了一眼基因圖譜，一起吃驚的望向了龍耀，道：「這頭髮是從哪裡得來的？」

「不能告訴你們。」龍耀鄭重的道。

「這真是奇蹟啊！」林雨婷驚嘆道。

「看出什麼來了？」

「這DNA是經過高度優化的，各項指標都是人類的極限，這個人可以說是『神』了。」

「這是現代科技可以做到的嗎？」

「理論上是可以的。」

「那實際上呢？」

「實際上，非常困難。因為DNA優化工序太多，期間常會發生異常情況，所以絕大多數實驗會失敗。」

「成功率有多少？」

「大約0.005%。」

龍耀的眉頭稍微皺了一下，「大約0.005%」也就意味著，在十御這個成功品之後，有二十多萬個失敗品。

失敗品！人體實驗的失敗品——

龍耀突然聯想到了維琪，她同樣也是一個成功品。

至此，龍耀終於想到了蘆屋道志為什麼會和加里．科林合作，因為兩人在從事著相似的人體實驗。

龍耀將實驗數據在手機上留了一個拷貝，然後讓林雨婷的同學清除實驗記錄，並警告她千萬不要對外洩漏，否則有可能惹上殺身之禍。然後，龍耀才帶著兩女返回飯店，並在路上買了一袋金平糖。

龍耀剛一回到飯店房間，就接到了十御的電話。

「想必你已經檢驗過了那根頭髮。」十御道。

「是的。妳跟維琪是同一類人？」龍耀問道。

「對。我們都是基因優化人，是為了某些人的野心而誕生的。」

「妳找我來的目的是什麼？」

「我已經過夠了這種人偶一般的生活，我希望藉助你的手來斬斷這一切。」

「妳有這麼強大的靈力，還有誰能控制得了妳？」

「蘆屋道志。」

「妳的實力難道不如他嗎？」

「不！我的實力比他強百倍，但我不能直接使用，所以才找你來。」

「我不明白。」

「我的靈能力是吸收信仰，然後再賜與別人力量。」

龍耀的眼睛轉了兩圈，道：「也就是說，人們膜拜了妳，便會給妳力量；但這力量妳不能直

接使用，需要再轉賜給別人使用。」

「對！但接受我力量之人，必須有超高的天賦，我尋找了幾十年，才終於找到了你。」

龍耀忽然聽到了奇怪的訊息，便追問道：「妳今年多少歲了？」

「六十八歲。」

「不是開玩笑吧？」

「不是。我在培養罐裡生長到十二歲，此後便一直保持著這種身姿。」

「哦！這太讓人吃驚了，沒想到一個小蘿莉，竟然比我奶奶還大。」龍耀捶著額頭道。

「明天，再見。」十御掛掉了手機。

林雨婷看著葉晴雲的校服，嘴巴不自覺的越噘越高了。葉晴雲的嘴巴也是噘得老高，因為林雨婷打擾了她和龍耀獨處。兩女靜靜的坐在沙發上，沉默無語的對視著，心裡都在生悶氣。

龍耀思考了一陣子，道：「妳們都去睡覺吧！明天林雨婷聯繫加里·科林，去參觀蘆屋研究所。」

「那你們呢？」

「我們繼續遊玩。」

「啊！那我也不去研究所了。」

「不行！妳必須去，而且不能告訴加里．科林見過我們。」

「為什麼啊？」

「商戰。」龍耀撒了一個謊道。

林雨婷聽到這個詞，彷彿忽然之間明白了。

實際上她完全想錯了，但這個詞卻吸引了她，讓她有一種商業間諜的感覺，就像好萊塢電影裡常演的那樣。

「唔唔……感覺很帥啊！」林雨婷傻傻的道。

看到林雨婷的反應，龍耀差點笑出聲來，但他的臉還是緊繃著，道：「記住，只在白天去，晚上一定要回來。不要和加里．科林兩人獨處，不要接觸任何飲料和食物，手機一定要處在聯絡狀態。」

「咦，不用這麼誇張吧？」

「如果不聽我的話，妳就等著懷孕吧！」

「呃……你不要把加里．科林想像的那麼差啊！我感覺他還滿有紳士風度的。」

「愚蠢的女人。」龍耀搖了搖頭，道：「一句話，妳聽不聽我的？」

「哼！不聽，你這純粹是嫉妒人家。」林雨婷不高興的道。

龍耀也不想多做解釋，伸手指向了一間臥室，道：「隨便妳了！去休息吧。」

林雨婷聳了聳肩膀，起身走過龍耀面前，吊帶絲襪一閃而過，留下一縷淡淡的香味。龍耀忽然伸出手來，一把捏住了林雨婷的膝彎，迫使她撲倒在自己的懷裡。

林雨婷的俏臉漲紅了，雙手攬著龍耀的脖子，氣喘吁吁的仰望著他。

龍耀靠近林雨婷的臉，深深的吸了一口氣，然後扭頭將氣吐了，道：「妳的香水裡有麝香和依蘭，這兩種香料都有催情的作用。」

「咦咦！這只是普通的晚宴香水啊！」

「明天不要噴任何香水，衣服也穿得簡樸一點，最好去買一件褲裝。」

「啊！」林雨婷嘴角微微一歪，笑道：「難道你是不想讓別的男人被我吸引嗎？」

「可以這麼說！」龍耀點了點頭，道：「不過，主要還是為了保護妳。」

林雨婷笑意盈盈的離開了，剛才的悶氣一消而散。但葉晴雲的怒氣卻越來越重，拿著靠枕丟在龍耀頭上，然後氣呼呼的走進另一間臥室。

龍耀撿起了靠枕，塞倒莎利葉身後。

莎利葉舒服的轉了一個身，將金平糖分給了龍耀一些。

「她們怎麼了？」莎利葉不解的問道。

「我也沒弄明白。」龍耀吃著糖塊道。

010 神的缺陷

林雨婷傻笑著睡了一晚上，次日一早就拉龍耀出門，到附近的服裝商場買褲裝。林雨婷反反覆覆換了十幾套，站在更衣間門外的龍耀卻不斷搖頭。

「難道沒有更樸素一些的嗎？」龍耀問道。

「唉！沒辦法啊！我就是『天生麗質難自棄』啊！」林雨婷擺出自我陶醉的樣子。

龍耀無奈的搖了搖頭，眼角突然瞄到中年區，道：「穿那些試試。」

「啊——不是吧！那都是五十多歲的人才會穿的。」

「少囉嗦。」

林雨婷換上了一件灰色的衣服，看起來就像一個清潔廁所的大媽，連臉蛋都耷拉的有點像大媽了。但龍耀卻豎起了大拇指，道：「很好！就這件了。」

「好你個大頭鬼啊！我才不要穿這種難看的衣服。」林雨婷憤怒的要撕掉衣服，引得店員憋不住的笑。

龍耀無奈的嘆了一口氣，對一旁的店員道：「按照剛才量的尺碼，把店裡最好的和服拿來。」

「呃……」店員笑不出來了，看著龍耀的校服，道：「先生，高檔和服，價格很高的。」

龍耀拿出了信用卡，道：「沒關係，只要有用就行了。」

林雨婷眨巴著大眼睛，道：「要我穿和服去嗎？」

「當然不是了。」

「那你買了幹嘛？」

「妳要是願意穿這件衣服去，我就把和服當禮物送妳。如果妳不願意的話，那就只好送給班長了。」

「哎——」

「給妳三秒時間思考，三、二、一……」

「好啦、好啦！我就穿這件好了。」林雨婷道。

然後，林雨婷與加里．科林約了時間，並且聽從站在一旁的龍耀囑咐，主動要求坐計程車過去。加里．科林本想派車來接，卻拗不過林雨婷的堅持，只得把研究所地址告訴她。等林雨婷坐車離開後，龍耀才帶著三人跟了上去。

林雨婷到達蘆屋研究所時，加里．科林早等候在門外。他殷勤的邀請林雨婷入內，並願意親自擔任導遊任務。但林雨婷聽從了龍耀的警告，堅持要求請一位研究員同行。加里．科林只好答應下來，給蘆屋道志打了一通電話，請來研究所的所長親自導遊。

蘆屋研究所的設備非常先進，在生物基因學這一方面，可以排進世界科研界的前三。林雨婷馬上進入學者狀態，好奇的觀察著研究所的設施，並與所長交流實驗過程的心得。所長起初只當她是一名普通的商界人士，後來才發現林雨婷的學術才華很高。

在研究所裡轉了一圈之後，三人來到了休息室喝茶，加里．科林殷勤的親自去泡茶。所長在閒聊之中勸說林雨婷加入研究所，並保證給她最好的工作待遇和研究設施，加里．科林也在一邊旁敲側擊。

「妳雖然是龍林高科的總經理，但卻沒有一流的研究設施，根本無法發揮自己的實力吧？」加里．科林道。

林雨婷有點猶豫了，慢慢的端起了茶水。但在茶水接觸嘴唇的一瞬間，她又記起了龍耀的囑咐。回想起龍耀為她做準備的精心，林雨婷心頭升起一股暖暖的感覺。

「啪——」茶杯又放回了桌上，林雨婷笑著說道：「不！我喜歡我的公司，無論它現在多麼簡陋，都是我自己的事業。」

加里．科林看著桌上的茶杯，雙眼中浮現出幾分惋惜，聽到了林雨婷的聲明後，惋惜又慢慢變成了失望。但他仍然沒有放棄，道：「林小姐，請妳再考慮一下。我已經準備好了晚宴，我們可以邊吃邊談。」

「不了，天黑前，我要回去。」

「咦，林小姐難道還有其他事？」

「對，我在東京有同學，我們約了一起敘舊。」林雨婷看天色不早了，便道：「那麼告辭了。」

「那我送妳吧！」加里．科林起身道。

「還是請所長一起吧！」

所長揉了揉發痠的膝蓋，道：「十分抱歉！上年紀了，腿有些痠。」

「哦，那我自己走好了。」林雨婷急匆匆的進入走廊。

加里．科林追逐了幾步，抓住了林雨婷的纖手，道：「林小姐，妳好像有意避免與我單獨相處。」

「怎麼會啊？加里．科林先生，是您多心了。」林雨婷尷尬的笑著，並努力掙脫手腕。

「林小姐，其實除了工作之外，我個人還有一些私事，想跟妳單獨聊一下……」加里．科林眼睛裡冒光，傾斜著身子倚偎在牆上，擺出白馬王子的姿態，準備對林雨婷展開愛情攻勢了。

可忽然，林雨婷的手機響了起來，是一個非常陌生的號碼。她奇怪的接了起來，竟然聽到了葉晴雲的聲音，「老同學，妳現在什麼地方，怎麼還沒有過來？難道是被人綁架了，要不要我報警啊？」

「呃！不用。我馬上就過去。」林雨婷掛掉了電話，看了加里．科林一眼，把手腕強行抽了出來，像小兔子似的扭頭逃掉了。

加里．科林咬了咬牙，一拳打在了走廊牆上，「可惡！不過我不會放棄的，越是得不到的東西，才越想讓人得到。」

加里．科林又笑了起來，轉身返回了休息室，卻看到所長暈倒在地。原來林雨婷的那杯茶水裡放了安眠藥，是加里．科林準備用來做齷齪之事的，可誰知所長太渴了，把三杯茶都喝了，然後就倒在了地上。

就在加里．科林無奈的時候，秘書蕾蒂夾著公事包走來，道：「少爺，蘆屋神官找您，要與您談談計畫。」

「好！妳去通知白冰，讓她帶維琪過來。」加里．科林道。

「明白了。」

林雨婷急匆匆的出了研究所，招了一輛計程車趕向飯店。在計程車離開後的街角處，龍耀四人走了出來。

「班長和胡培培守在這裡，我和莎利葉進去看看。」龍耀吩咐道。

「如果你們出了危險，我們要衝進去支援嗎？」葉晴雲握著手機道。

「不，妳們馬上報警。」

「報警？」

「對！只要有警察趕來，那戰鬥自然就會停止。」

「哦……可我不會日語啊！」

「那就用英語。」

龍耀拍了拍葉晴雲的肩膀，讓她不要太過於緊張了，然後和莎利葉躍過了牆頭。龍耀掃了一眼研究所，牆上找到一扇窗戶，用針灸針捅開後翻了進去。但龍耀和莎利葉剛一落地，就見牆角的監視器鏡頭轉了過來，兩道紅色的激光鎖定了他們。

接著，一群荷槍實彈的保全衝了過來，在走廊的另一邊擺好架式，保全隊長取出了通信器。

龍耀雙手向袖中一交叉，準備使出「袖裡藏龍」，但突然見地板一陣起伏。「噗」的一聲響，百地壘從水泥地板中跳了出來，雙手猛的丟出兩顆白色的小球。小球摔碎在地板上，爆起了兩股濃煙。保全們嗅到這股煙，立刻倒地昏睡。

百地壘也不跟龍耀搭話，保持著三肢著地的姿勢，護目鏡不斷的閃著光，再三確認沒有其他人後，才將昏睡的保全拖進倉庫房。

「在下奉十御大人之命而來，請兩位跟我走秘密通道。」百地壘道。

百地壘所謂的「秘密通道」，其實就是樓內的通風管道。因為研究所是全封閉構造，因此通風管道十分的多，可以延伸進任何一個房間之中。

百地壘對通風管道非常熟習，像一隻鼬鼠似的爬得飛快。龍耀驚訝的跟在他身後，目測著通風管道的寬度，以及百地壘雙肩寬度的變化。通風管道有主有副，因此粗細也不一樣，但百地壘那寬闊的肩膀，竟然能隨著管道變化，遊刃有餘的通過任何寬度。

「忍術真是神奇啊！」龍耀感嘆道。

百地壘雖然不知龍耀在稱讚什麼，但還是很有禮貌的回答了一句，「哪裡！您是被神巫女選中的人，在下可承擔不起您的誇獎。」

「你為什麼要追隨十御？」

「十御大人對我有恩，治好了我母親的頑疾。就算在下捨棄性命，也要向她報答恩情。」

「那追殺我們的忍者呢？」

「我們曾經是並肩作戰的夥伴，但他們現在效忠於蘆屋神官。」

「你這是要帶我們去哪？」

「茶室。」

「去喝茶？」

「不。去看別人喝茶。」

在通風管道裡爬了半個小時，百地壘突然向後打了個手勢，示意龍耀和莎利葉停步。然後，百地壘趴在鐵皮管道上，仔細的辨識下方的聲音，接著用手勢比出一個「六」，以示意下面的人數。

龍耀沒有趴到管道上，但卻擁有更敏銳的感觀，向百地壘比出了一個「七」。百地壘驚訝的又聽了一陣，滿是欽佩的向龍耀點了點頭。

在鐵皮通風管道的下方，有一間木製的古典茶室。茶室是幕府時代的風格，布置上講究「寂靜禪脫」，裡面設有古典的壁龕、地爐。

蘆屋道志跪在地爐後面，閉著雙眼給來客點茶。茶葉是傳統的日式抹茶，經過蘆屋的雙手調製，散逸著苦澀中帶有清香的氣味。

十御跪坐在蘆屋道志的左側，臉上依然戴著狐仙面具。加里．科林跪坐在蘆屋道志的右側，雖然他是一個道道地地的歐洲人，但卻對日式的跪坐姿勢非常熟練。秘書蕾蒂也與主人一樣，是非常標準的日式跪姿。而白冰、瓦爾基里、維琪就不行了，三人都是很隨意的盤腿坐著。

「唉！哥哥怎麼還不來救我啊？」維琪望著天花板道。

「別做夢了！誰也救不了妳。」白冰道。

「哼！像維琪這麼有魅力的妹妹，哥哥肯定捨不得放棄的，妳這種飛機場是不會明白的。」

「妳說什麼？」白冰剛要發作，卻聽到叩地聲。

十御輕輕的敲了敲身下的榻榻米，又將手指指向了壁龕上方的書法，上面寫著兩個大字——寂禪。

白冰冷哼了一聲，手按在平胸上，忍著沒有發作，道：「等帶妳回到魔法協會，一定要把妳裝進最小的玻璃瓶裡，防止妳胸前的脂肪越堆越多。」

「哼哼！嫉妒的女人最難看了。」維琪輕揉著胸部道。

「可惡啊！區區一個克隆人，敢和本公主叫板！」白冰抖手釋放出一柄冰槍，徑直刺向維琪的頸下。

維琪卻絲毫沒有感到害怕，因為她自己知道還有用，白冰不敢隨隨便便殺掉她。但十御卻被觸動了，猛的抬頭向著前方一揚，一張靈符飛射了出去，「噹」的一聲擊斷了冰槍，然後如飛刀般插進了牆壁。

「妳……」白冰想要站起身來還擊，但突然感覺有靈氣壓下，好像在肩頭放了千斤重擔。

十御以靜靜的姿態坐在原地，但周身卻釋放出凜冽的風暴，將她的頭髮高高的揚了起來。

蘆屋道志終於睜開了眼睛，道：「神巫女大人，在客人面前，不可失了禮節。」

聽到蘆屋道志這麼說，十御才放鬆了下來，風一瞬間停止了。白冰也終於可以動了，她低頭看向身下，發現坐著的榻榻米塌了，可見剛才的靈氣有多濃厚。

白冰呼呼的喘著粗氣，道：「這等級可以匹敵大魔導師了。」

「呵呵！多謝維京公主誇獎了。」蘆屋道志將一碗茶遞給白冰，道：「神巫女大人是我蘆屋一族三代努力的結果，期間共經歷了二十四萬次失敗。」

「二十四萬次失敗？」白冰驚訝的道。

「是的。」蘆屋道志看向了維琪，道：「不知道魔法協會又做過多少次努力？」

加里・科林還沒有來得及回答，維琪先向十御身邊挪了挪，道：「哦！我是第 2012 號實驗品，可惜我沒有姐姐的能力。」

十御伸出一隻小手，握住了維琪的手掌，道：「妳日語說得很好。」

「謝謝！這是我的一點小能力，比起姐姐的差遠了。」

「妳怎麼知道我是妳姐姐？表面上看明明是我更小。」

「也許是同類人的感覺吧！第一眼我就感覺到了，妳是這屋裡最年長的。」

「妳有很奇妙的能力。」

「可惜遠不及姐姐完美。」

「不。我並沒有妳想像的那麼完美，其實我也是一個殘缺品。」

蘆屋的眼皮抖了抖，用嚴厲的聲音警告道：「十御，妳今天的話太多了。」

十御不再作聲了，只是手牽著維琪，靜靜的侍坐在一旁。

加里．科林笑了笑，道：「蘆屋神官的生物科技，我們已經見識到了，的確很讓人佩服。」

「哪裡、哪裡！魔法協會的高成功率，也讓老朽非常驚訝。」

「正如您所言，蘆屋研究所有基因方面的尖端技術，而魔法協會卻有較高的成功率，如果我們雙方合作的話，一定可以培養出最優秀的『母樹』。」

龍耀的雙眼閃過一道精光，他又聽到了「母樹」這個詞，看來他們的研究目的是一樣的，都與靈能者的秘密有關係。

龍耀和百地壘趴在通風管道裡，繼續小心翼翼的偷聽著下方，可忽然身後傳來一聲脆響。龍耀和百地壘慌張的扭頭看去，見莎利葉嘴裡叼著半塊棒棒糖。

「哦！不——難道妳就不能讓嘴巴休息一會兒嗎？」龍耀道。

與此同時，白冰發現了上方的異響，猛的向上面潑出了茶水。茶水在半空中凝結成冰槍，如子彈一般刺穿了天花板。

莎利葉嘴裡叼著棒棒糖，揮手砍出了死神鐮刀，猛的斬斷了冰製的長槍。可是她揮舞的動作太大，將通風管道整個切斷，害得三人一起掉落了下來。

「撲通」一聲響，龍耀跌坐在茶爐旁，淡定的端起茶杯品了一口，道：「好茶！」

「謝謝稱讚！不過，我好像沒有請你們。」蘆屋道志強壓著怒氣說道。

「蘆屋神官，不要激動。」龍耀伸手指向牆壁上的書法，道：「所謂『寂』，即心如止水，喜怒不動；所謂『禪』，即超然物外，無分無別。那『請』與『不請』，又有何區別啊？」

蘆屋道志倒吸了一口涼氣，雖然還沒有與龍耀交上手，但僅憑這簡單的一句禪語，就讓他知道此人天賦極高，絕對不是一個易於對付的人。

「哥哥，你果然來了。」維琪想要撲過去，卻被加里．科林攔下了。

白冰和瓦爾基里都亮出了武器，莎利葉和百地壘也針鋒相對。茶室本來為了突出「寂禪」之意，所以設計的非常狹小，如今一下子擠進了十個人，還有房外的忍者聽到聲音，也撞碎了窗戶不斷的湧進，茶室瞬間變得如同沙丁魚罐頭一般。

一群人在裡面擠來擠去，終於擠爆了茶室的牆壁。木製的牆壁倒塌之後，露出外面的大廳。原來這間古色古香的茶室，是設置在一間現代的大廳中，大廳的四壁上掛滿了螢幕，顯示著研究所的每個角落，螢幕上還有許多操作按鈕。

蘆屋道志從人堆裡爬出來，向旁邊的牆壁輕輕一招手，雕著八頭蛇的石杖飛了過來。蘆屋揮動石杖砸向龍耀，但後者卻靈巧的閃避向後方。

不過，讓龍耀沒有想到的是，被石杖敲中的地面處，竟然跳出了一條毒蛇。幸虧百地壘眼疾手快，身形如閃電一般來到龍耀身前，同時背後的忍者刀一拔一收。刀光只在刀鞘處閃爍了一下，那條毒蛇就在半空中分家了。

「百地壘，你敢背叛組織！」蘆屋怒道。

其餘的忍者也十分憤怒，一起向百地壘拔出刀來。

「他是奉我的命令。」十御突然開口說話了，稚嫩的聲音中帶著莊嚴，「龍耀也是我請來的。」

「咦！十御，妳想要做什麼？」蘆屋驚訝的問道。

「我想要一樣東西。」

「無論什麼東西，我都可以給妳啊！」

「我要的是自由。」

「啊！妳要自由，有什麼用？」

「我要補全自己。」

「妳已經是最完美的了，還需要什麼補全啊？」

「不，我並不完美。」十御伸手揭下了面具，露出一張清麗的俏臉。

十御的眼睛黑而明亮，瞳仁中閃爍著靈光，如深邃的宇宙一般。上下睫毛都非常長，像兩排小刷子。眉毛細長如同柳葉，呈漩渦狀向外擴散。玲瓏小巧的鼻子，如同玉琢的一般。精緻的小嘴輕合著，嘴唇上有著天然的豔紅色。臉上的肌膚白皙如雪，簡直可以反射陽光了。

完美！一切都很完美！如果她能再長大一點，一定會成為第一等的美人。但是，在這份完美之中，卻讓人有一種說不出的感覺，好像什麼地方有些彆扭似的。

「妳哪裡不夠完美？」蘆屋道志問道。

十御指向自己的眼睛，道：「這裡。」

「妳的目力遠超常人，不僅能看穿空間，甚至還能看穿時間，怎麼還不夠完美？」

「我不是指視力或能力。」

「那妳指什麼？」

「我沒有眼淚，沒有感情。」十御面無表情的說道。

「呃……」

「比如我拉著同類姐妹的手，卻不知道喜悅是什麼；我見到了一直等待的人，卻不知道如何表達期望。」十御望著維琪和龍耀，臉上的表情絲毫沒變。

「妳是神啊！妳根本不需要這些。」

「不，你錯了。」十御輕輕的搖了搖頭，道：「神應該是超越人的存在，而我卻連人類都不如，所以我要去尋找感情。」

在場的人都驚訝的看著十御，劍拔弩張的氣氛定格住了。

可忽然，一陣痛哭響了起來，沙啞的哭聲十分難聽。龍耀驚訝的扭頭看向聲音的主人，見百地壘的護目鏡裡全是眼淚，臉上的面罩濕出了兩道淚河。

「啊啊啊——太感人了，十御大人真是好堅強啊！」百地壘抹著眼淚，道：「一邊默默忍受著這種痛苦，一邊又在無私的幫助著別人，我百地壘發誓將終生追隨於您。」

「呃……沒想到你那龐大的身軀之下，竟然還有一顆如此纖細的內心。」龍耀尷尬的道。

蘆屋道志憤怒的一敲石杖，道：「全部殺掉。」

012 數萬靈符

幾十名忍者衝了上來，一起舉刀亂砍了起來。百地壘同時拔出忍者刀，「叮叮噹噹」的交擊著。

另一方面，白冰釋放出冰系魔法，周身旋轉著一圈冰霧，向著龍耀直衝了上去。龍耀雙手向著袖中一交叉，使用出了「袖裡藏龍」的秘技，十根針灸針螺旋形的飛出，旋轉著刺向了白冰的後背。

但瓦爾基里卻先一步衝近，揮動標槍擋下了針灸針。針灸針後面捆著龍涎絲，所以飛出後仍然可被控制，龍耀牽引著龍涎絲纏住了標槍。

莎利葉看到了機會，雙手高舉起死神鐮刀，自上而下的猛砍了出去。但白冰卻轉身釋放了魔法，在瓦爾基里頭頂製造了一個冰盾。

轟然一聲爆響，冰盾炸裂了開來，白冰和瓦爾基里退到了一邊，龍耀和莎利葉也站到了另一邊。

魔法師和靈能者，女武神和墮天使，兩對召喚組合相對而立，展開了一場勢均力敵的惡戰。雙方都擁有大規模的破壞技能，又都有相同規格的防禦能力，對戰的激烈程度可想而知。

很快，蘆屋研究所便不堪重負了，幾根主力承重柱被魔法打中，「轟隆隆」的倒塌了下去。研究所上方的大穹窿失去了支撐，像是天塌下來似的掉落到了下方，接連砸透了好幾層樓的地板。龍耀等人戰鬥的那一層，也在中間塌出一個大洞，地板只剩下四周一圈圓環。

濃重的塵土飛了起來，阻擋了忍者們的視線。而此時，百地壘的護目鏡優勢就體現了出來，他翻轉著跳到眾忍者的包圍圈之外，將忍者刀插到了面前的地板中，伸手將背後的忍法卷軸扯了出來。

百地壘一口咬碎了拇指，用鮮血在卷軸上畫了一陣，道：「陣法・生殺活埋之術。」

「嘩啦啦——」一陣響，卷軸飛舞著捲了起來，重新插回百地壘身後。

百地壘雙手對握在一起，兩根食指豎立在額頭前。一陣帶著光影的符文流動而過，從百地壘的身上流入大地，在雙腳處輻射出一環接一環的古文字，好像是古代陰陽師的咒文，同時大地裡釋放出了十御的靈氣。

其他忍者都不知道這術，依然持刀衝向了百地壘。可忽然無數的怨魂從地裡伸出手來，牢牢的抓住了那些忍者的腳踝，像是泥沼裡的樹根似的將他們拖了下去。堅硬的水泥地一瞬間變得如同稀泥，將忍者們活生生的吞沒了進去。

蘆屋道志猛的回頭望向十御，道：「這是妳的力量？」

「不錯，那忍法卷軸是我親手所製，裡面封印著我的信仰之力。雖然百地壘不能直接承接我的靈力，但他有著堅定的意念和不移的忠誠，這足夠讓他運用我製作的靈能道具。」

「看來妳早就策畫好了。」

「我其實已經策畫了幾十年，百地壘的師父和師父的師父，都是我親手挑選並培養的。」

「妳——」

「蘆屋道志，人類的夢想，自由的腳步，都是無法阻擋的。」十御的面色沉穩如水，道：

「如果你識相的話，就讓我離開日本吧！」

「休想！妳是我蘆屋一族畢生的追求，我蘆屋道志誓死守護家族的榮耀。」

「我之所以向你坦白一切，是因為我已經找到了救星。你的堅持是徒勞無益的，你不可能勝得過龍耀。」

「什麼？」

「你不是說我是神嗎？那你應該相信神的預言吧！我已經預測到了，你將敗於龍耀之手。但你也不用太擔心，龍耀最後沒有殺掉你，因為你對他還有用。龍耀這男人很有意思，雖然我能預測到未來，但還是常被他的舉動所震驚。」

蘆屋道志的眼睛瞪得溜圓，陷入了進退兩難的境地。

百地壘打倒了阻擋的忍者後，向著十御的方向飛撲了過來。

蘆屋道志的眼神赫然一凜，用石杖敲起了一個結界，結界如同半透明的牆壁，將百地壘隔擋在外。百地壘像壁虎似的趴在結界上，不甘心的抽出忍者刀鑿擊了起來。

蘆屋道志一手提起了石杖，準備將百地壘擊殺在結界上。可十御忽然丟出一張靈符，穿過結界打中了百地壘，將他推到了對面的牆壁上。

蘆屋道志冷哼了一聲，拍手喚出兩名忍者，道：「把神巫女帶往秘密基地。」

「是！」兩名忍者半跪接命，然後請十御向後走。

維琪躲在一個角落裡，看著混亂的異能大戰，想要找機會溜到龍耀身邊。可十御在路過她身邊時，卻道：「跟我走。」

「咦？」維琪露出疑惑的神情。

「我已經預測到了，如果妳現在衝出去，便只能見龍耀最後一面了。」

「這……」

「握好我的手，我會把妳送回龍耀身邊。」十御向維琪伸出一隻手來，維琪伸出雙手緊緊的抓住。

十御和維琪在忍者的押送下，跟隨著心情矛盾的蘆屋道志從秘密通道離開了研究所。加里．科林看到這一幕，也和蕾蒂一起跟了上去。

而另一邊，龍耀和白冰兩組人還在激戰，四人已經毀掉了大半個研究所，激戰引發一連串的爆炸事故。

白冰雖然只是初階魔法師，但實力其實已經接近高階。她有著高貴的出身和濃厚的血統，從小就沒有在魔法上遇到過對手，可今天卻一直處於龍耀的壓制之下。

高傲的維京公主無法忍受這種屈辱，決定使用還沒有完成的終極魔法，要賭上皇室尊嚴進行最後的一擊。

「千槍之林。」白冰雙手重擊在地面之上，巨大的魔法流湧動了起來，在地面上勾勒出一座魔法陣。

「啊！」白冰發出了不堪重負的吼叫，瞳孔中的紅色流淌了出來，將整個眼白也染成了紅色，同時眼眶四周的血管暴突，冰肌玉膚的俏臉扭曲成了惡鬼狀。

巨大的風從地下吹了出來，將公主的帽子吹飛了出去，露出銀絲一般的白色長髮。

大地起了一陣劇烈的顫抖，千根鋒利的冰槍透地而出，如同密密的竹林一般。白冰揮手向著龍耀一指，千根冰槍如流星似的飛射而去。

龍耀看到這般聲勢，知道不會是普通招數，立刻提升起畢生所學。

「奪天地一氣。」龍耀平伸出雙手，將天地之氣盡數吸納，連風都改為向他吹了。

冰槍定格在半空中，魔氣被龍耀吸收了。龍耀持續吸收著魔氣，感覺胸口一陣憋悶，嘴角慢慢的流出了血。

吸收一千根冰槍的魔氣，對龍耀來說也不是一件易事，但龍耀還是堅持到了最後。

他忍著胸口疼痛欲裂的感覺，雙手交叉著比劃了一下，胸前閃現出一個太極圖案，道：「一氣化三清。」

千根冰槍在靈氣的驅使下，調頭返刺向了對面的白冰。等冰槍來到白冰頭頂上時，忽然全部變成了她的分身。一千個白冰的分身浮現在半空中，一千雙紅眼睛瞪視著下方的真身，然後一起向著真身投出了冰槍。

「啊！」白冰已經耗盡了魔力，癱坐在原地沒法動了。

「公主殿下！」瓦爾基里奔跑了過去，想替白冰解決危機。

可此時莎利葉卻突然展開了翅膀，像是炮彈似的橫飛撞擊而來，抱著瓦爾基里撞向了對面的牆。

「妳的對手是我啊！」莎利葉又猛的揮了一下翅膀，巨大的壓力襲向了瓦爾基里，竟然將她硬生生的按進牆壁裡。

牆壁承受不住這般的壓力，破碎成一個巨大的圓洞，兩人一起摔飛到外面。

與此同時，凜冽的劍氣從洞外飛來，一劍掃斷了所有的冰槍。天空中浮現的白冰分身，也如泡沫一般的破碎了。

「龍耀，又見面了。」

隨著這一聲熟悉的嗓音，張鳴啟馭劍飛了進來。

原來張鳴啟是隨加里．科林一起來的，但因為他不習慣日式的飲茶禮節，所以一直在研究所外面轉悠。牆壁上的大洞破裂之後，露出了龍耀特有的靈氣，這才引得張鳴啟飛了進來。

龍耀看到幾道劍氣襲來，旋即展開「踏雪無痕」的輕功，踩著碎磚爛瓦一路飛奔，身後的地面則不斷的爆炸。

張鳴啟將密碼箱一收，暫時停止釋放劍氣，道：「『踏雪無痕』，師兄竟然將這招也傳授給你了。」

「張鳴啟，趁人之危，你真不愧是四大名鋒之末。」龍耀擦著嘴角的血痕道。

張鳴啟氣得牙齦緊咬，說道：「好！我今天不殺你，等你恢復實力之後，再與你一決生死。」

瓦爾基里趁機來到白冰身邊，把奄奄一息的白冰抱進了懷中，道：「公主，您一定要堅持住啊！我馬上帶您回維京，請女王陛下親自為您療傷。」

莎利葉撲動著六隻大翼從洞外飛了回來，舉鐮刀就要將瓦爾基里和白冰一起劈死。可龍耀卻一擺手，道：「讓她們走。」

「可是——」莎利葉猶豫道。

「讓她們走！我們的目的是尋回維琪，我們的敵人是加里．科林。」龍耀道。

莎利葉收起了巨大的羽翼，同時將鐮刀插在了地上，道：「快走吧！下次學聰明點，不要與我們為敵了。」

瓦爾基里看了龍耀一眼，道：「多謝你不殺之恩。今天的恩情，來日必當歸還，再會了！」抱著白冰，隨即從牆壁的大洞上跳出，在樓頂上起伏跳躍，很快便消失掉了。

張鳴啟靜靜的站著，看了一眼地上的血，道：「你倒是挺會賣人情的。」

「哼！我有我自己的正義。」龍耀道。

「哈哈！可惜你賣錯人情了。」張鳴啟大笑了起來，道：「白冰受傷返回之後，一定會激怒一人，那人必定會來取你性命。」

「什麼人？」龍耀的眉頭皺了起來。

「道門四大名鋒之三——冰霜劍皇。」

「道門四大名鋒的第三位，怎麼會和白冰扯上關係？」

「到時候你就知道了。」張鳴啟陰森的笑了一下，轉身飛出了牆壁上的大洞。

這時候，外面傳來了警報響，大批的警車和消防車，首尾相接的停在樓下，將研究所圍個水洩不通。

龍耀從大洞裡向外眺望了一眼，看到葉晴雲正在街角焦急的等待，便道：「莎利葉，我們走！」

「那我呢？」百地壘問道。

「當然是跟我們一起。」

龍耀三人繞過了警察的視線，與葉晴雲、胡培培會合後，坐計程車返回了豪華飯店。百地壘跟在眾人身後，但他卻像一個影子似的，保全都沒有注意到多了一個人。

龍耀一進飯店客房，便發現氣氛很特別，裡面布置的很朦朧，像是夢中仙境似的。房間裡沒有開燈，只在餐桌上點著幾根蠟燭。林雨婷像是女主人一般，穿著那件新買的高檔和服，還故意把衣領打得非常開，露出兩彎如鮮藕似的嫩肩，含情脈脈的守在餐桌旁。

「哇！妳搞什麼鬼啊？」龍耀坐到了桌旁。

林雨婷噘了噘小嘴，風情萬種的說道：「難得人家搞了一個燭光晚餐，你這人怎麼一點也不浪漫啊？」

「狐狸精，穿得那麼少，也不怕凍著。」葉晴雲低聲嘟噥著。

「哼哼！這叫做情調，黃毛小丫頭不懂了吧？」林雨婷將衣領又拉開一點，顯露出一條迷人的乳溝，同時輕輕的搖出一陣香風。

「妳又噴晚宴香水了？我不是說過了嗎？那種香水裡有催情香料。」龍耀輕輕的揉著鼻子，盯著林雨婷看了一陣，道：「不過，妳這樣打扮的確很有魅力，難怪加里．科林會對妳心懷不軌。」

「哼哼！被我迷住了嗎？人家是故意穿給你看，別的男人可沒這眼福。」林雨婷道。

「呃，是這樣嗎？」龍耀的嘴角抽搐了兩下，看向牆角陰影中的百地壘，道：「你怎麼認為？」

百地壘一手捂在鼻子上，指縫裡流出兩道鼻血，另一隻手伸出了大拇指，道：「在下很有眼福。」

「啊……角落裡有變態！」林雨婷舉起烤鵝盤，丟在了百地壘頭上，然後跑進了臥室。

百地壘被沉重的銀盤子砸倒，趴在地上「嘩嘩」的流著鼻血。

「你不是忍者嗎？連這都躲不掉？」莎利葉道。
「萬分抱歉！都怨在下學藝不精，有愧十御大人栽培。」百地壘道。
「算了，你也坐下一起吃吧。」龍耀道。
「不可！忍者是不能坐到桌邊的。」百地壘撿起了烤鵝盤，躲在角落裡吃了起來。
莎利葉的嘴角抽動了，道：「我看你只是想獨吞那盤烤鵝吧？」
龍耀皺著眉頭想了一會兒，道：「百地壘，有迷藥嗎？」
「啊！你要做什麼？」
「別多問，給我就是了。」
「哦。」百地壘從懷中掏出一個小竹筒。
過了一會兒，林雨婷才探出頭來，肩上披了一件外套，道：「那個變態走了嗎？」
「在下還在。」百地壘認真的回答道。
「他到底是誰啊？」
龍耀剔著牙，道：「是日本朋友。」
「穿得跟個忍者似的，半夜還戴個護目鏡。」林雨婷打量著百地壘，道：「難道是漫畫看多了？」

「這是他的愛好。」龍耀聳了兩下肩膀，把林雨婷拉到身邊，倒上一杯紅酒，道：「給妳壓壓驚。」

「你怎麼突然變得這麼殷勤了？」林雨婷有些疑惑的喝掉了酒。

「嗯，我今天意識到了妳對公司的重要性。」

「哼哼！算你識相。老實說，加里．科林可是很看重我的……嗯？怎麼突然感覺醉了？」林雨婷慢慢的閉上了美眸，搖搖晃晃的倒在龍耀懷中。

「迷藥的效果不錯嘛！」龍耀抖了抖袖子，將竹筒彈了出來，丟還給百地壘。

百地壘接過竹筒，道：「龍耀閣下，您是想霸王硬上弓嗎？在下覺得此法有些不妥。」

「你思想怎麼這麼齷齪啊？十御平時是怎麼教導你的？」龍耀翻了翻白眼，抱起林雨婷，將她送進了臥室，道：「她只是一個普通人，並不知道玄門的事。我也希望她永遠不要知道這些事，永遠做一個平凡而快樂的普通人。」

百地壘聽到龍耀這番話，護目鏡裡又全是眼淚了，「龍耀閣下的心地真是太善良了，是在下以小人之心度君子之腹了，在下願意向閣下切腹謝罪。」

「免了、免了！你死了，我就少一個幫手了。」龍耀道。

「哦！那就暫時記下來，等到沒事的時候，在下再切腹謝罪。」

「唉！你到底有多喜歡切腹啊？」龍耀搖了搖頭，道：「十御臨走之時，給過你什麼？」

「什麼也沒有。」百地壘不假思索的說完，忽然又想起了什麼東西，道：「對了！她用靈符救了我。」

「給我看看。」

百地壘從懷中掏出了靈符，靈符是紅色的長條紙片，上面畫著金色的符文。紙張的韌性很高，像是百元鈔票的那種質感，周身流淌著濃厚的靈氣。

龍耀反覆看了一陣子，道：「每張靈符都有靈氣嗎？」

「不，只有被加持之後，才會顯現出靈氣。」百地壘道。

「也就是說，十御在這張靈符上加持了不少靈氣。」

「是的。」百地壘經龍耀一提醒，馬上想到了什麼，道：「奇怪，以十御大人的實力，根本不需要加持這麼多。」

龍耀的食指射出一根龍涎絲，將靈符輕輕的懸吊了起來，以垂直的姿態懸掛在半空。

「靈符在朝東南方向偏離。」龍耀道。

百地壘屏住了呼吸，近距離的觀察著，道：「在下完全看不出來。」

「大約偏了0.25度。」

「呃……這是人類能觀察出的角度嗎？」

「我們又不是普通的人類。」

「呃……龍耀閣下教訓的是。」

「這靈符好像指南針一般，這個方向有什麼東西嗎？」龍耀打開智慧型手機，搜索了一下電子地圖，道：「全是海啊！慢著……這是什麼？」

百地壘湊近看了一眼，道：「好像是個小島。」

兩人都停頓了一下，接著恍然大悟道：「這是十御留給我們的線索，這靈符一定是指向她的下落。」

這張靈符是灌注了十御的靈氣，就像是繡花針被磁鐵磁化了一般，會一直指向靈力強的地方。

「我們現在就去。」百地壘道。

012 數萬靈符

「不要急！在採取行動之前，需要先擬一個計畫。」龍耀道。
「有理、有理！那就拜託龍耀閣下了。」
龍耀搖晃著靈符，道：「陰陽師戰鬥，都是用靈符嗎？」
「靈符是主要的武器，能操縱靈符的多少，象徵一個人的實力高低。」百地壘道。
「也就是說，有越多的靈符，就越是厲害了？」
「可以這麼說。」
「那蘆屋道志能操縱多少張？」
「他是近年來最強的陰陽師，據說能操縱一千多張靈符。」
「十御呢？」
「從來沒見過十御大人使用全力。」百地壘沉思了一會兒，道：「不過我記得她說過，她有多少個姐妹，就能使用多少張靈符。」
「姐妹？」
「是的，不過十御大人沒有姐妹啊！」
龍耀托著下巴沉思了一會兒，道：「不對！她有姐妹。」

「啊？」

「在茶室裡的時候，維琪曾叫她姐姐，她當時也答應了。也就是說，她把實驗時的基因優化兒，都看作是自己的姐妹了。」

「那十御大人會有二十四萬個姐妹，難道說，十御大人能控制二十四萬張靈符？」百地壘驚訝的道。

龍耀看著手上的靈符，靜坐沉思了好一會兒，道：「找印刷廠連夜趕工，印製二十四萬張靈符。」

「您不是開玩笑吧？十御大人雖然強大，但控制二十四萬張靈符，這也太誇張了！」

「十御既然給了我們提示，那我們就應該相信她能，這是戰友之間應有的信任。」

「啊！」百地壘吃驚的看著龍耀，慚愧的說道：「您說得太對了！是在下辜負了十御大人的信任，在下竟然對神巫女的實力起了懷疑，看來在下只能切腹謝罪了！」

「好啦、好啦！你切上癮來了？」龍耀無奈的搖了搖頭，道：「我們趕緊去找印刷廠吧！」

「那好吧！先把這次切腹記下來。」百地壘道。

013 龍蛇之爭

龍耀從網路上查到東京印刷株式會社，連夜打電話聯繫會社的老闆，火速訂購印刷二十四萬張靈符。

起初，會社的老闆謝絕了這筆訂單，一是因為晚上工人已經下班，二是因為工作進度太趕了。

龍耀也知道這不太好辦，但還是懷著最後一絲希望，道：「請務必幫忙，這是給十御大人使用的，我願意出十倍的價錢。」

令龍耀驚訝的是，對方聽到「十御」的名字後，態度立刻有了一百八十度的轉變。

「如果是十御大人用來祈福的，那本公司願意為您連夜趕製，並且只收最低的成本費用。」

對方這樣回答道。

「那就拜託你們了！我會派人把樣本和訂金送上。」龍耀抬頭看著牆上的掛鐘，道：「請在明天中午之前，把貨送往東京灣碼頭。」

「瞭解！」

龍耀拿出了銀行卡，和靈符放在一起，交到了百地壘手中，道：「你對東京應該很熟悉，麻煩你去一趟印刷株式會社吧！」

百地壘鄭重的接了過來，插進了忍者衣的懷內，道：「在下必定不辱使命，否則將切腹謝罪。」

「好啦、好啦！我知道了，你快點去吧！」龍耀的話音還沒有落，百地壘便遁地離開了。

第二天中午，龍耀在碼頭租了一艘遊艇，然後焦急的等待著靈符。

中午十一點五十九分，一輛十八輪大卡車開了過來，車後載著一個大型的集裝箱，箱內裝載著二十四萬張靈符。

龍耀與對方交接了錢款，然後進入集裝箱內察看。靈符的印刷品質很高，有著日本公司一貫的嚴謹。

龍耀踩了踩地板，道：「百地壘。」

「在下在此。」百地壘從地下跳了出來，保持著三肢著地的姿態。

「把這些靈符都隨身帶上。」

「啊！用忍術嗎？」

「對，忍者不是很善於收納暗器嗎？那收納這些靈符也是一樣的吧！」

「呃……的確在原理上是相同的，但這個數量也太多了吧！」

「用忍法卷軸試試。」

「在下明白了！」百地壘深吸了一口氣，抽出背後的卷軸，道：「十御大人，請賜予在下信仰和力量。」

忍法卷軸自動舒展開來，裡面的密文如水一般，經由百地壘的身體流出，滲入每一張靈符之中。接著，所有的靈符都顫動了起來，像是被黑洞吸引一般，全部收納進了卷軸之中。

「這……」百地壘驚訝的說不出話來了。

「果然不出我所料！十御將一切都預料到了，相應的忍術也早準備好了。」龍耀道。

「呃！這太讓在下吃驚了。沒想到最瞭解十御大人的，竟然是只見過一次面的您。」

「就算不見面，我也能猜到她在想什麼。」龍耀轉身走向集裝箱出口。

百地壘卻疑惑的追問道：「為什麼啊？」

「因為聰明人的想法都是一樣的。」

百地壘眨巴了兩下眼睛，恍然大悟般的感嘆道：「哦！原來在下是個笨蛋啊！難怪一直搞不懂十御大人的想法。」

龍耀感謝完送貨的工人，便急匆匆的跳上遊艇，衝進了茫茫的大海之中。

送貨工人發了一會兒呆，趕緊指著集裝箱的後門大喊道：「先生，你怎麼沒拿貨啊？咦……」

送貨工人的瞳孔猛的放大了，望著空空如也的集裝箱四壁，雙手合十仰頭唸起了佛來。

龍耀看著手機上的GPS地圖，操縱著遊艇駛出了東京灣，直衝向伊豆諸島的海域。他要尋找一座神秘的小島，那就是蘆屋道志的秘密基地。

蘆屋道志的秘密小島，隱藏在浩渺的大海中，海島的陸地面積很小，且上面都是礁石細砂。

但在這些不起眼的砂石之下，卻隱藏著一個深達五百米的基地，裡面擁有與蘆屋研究所同規格的研究設備，神巫女的培養計畫就是在這裡完成的。

此時，十御和維琪處於地下二十層，正坐在一間日式房間裡飲茶，旁邊侍立著很多持刀巫女。

十御擺出居高臨下的姿態，拿捏著嚴肅的口吻道：「我的手機呢？」

一名巫女跪伏到前方，小心翼翼的回答道：「對不起，神巫女大人，根據蘆屋神官的命令，不能給您通信設備。」

十御的俏臉露出幾分譏諷，道：「蘆屋變得越來越小心了。」

維琪側躺在榻榻米上，道：「十御姐姐，哥哥什麼時候救我們走？」

「很快！」十御點著頭道。

就在這個時候，加里．科林闖了進來，伸手去抓維琪的手腕。

「大膽狂徒，竟然敢在神巫女大人面前無禮！」巫女們大喊了一聲，一起舉起了薙刀，向著加里．科林便刺。

可忽然，一道金色的劍光一閃而過，將所有的薙刀都擊斷了，巫女們也被震飛到了後方。張

嗚啟手提著密碼箱，面無表情的跟在後面，現在他成加里．科林的保鏢了。

「這裡太危險了，我要帶維琪回魔法協會。」加里．科林道。

「沒有蘆屋神官的命令，任何人不得隨意離開。」巫女道。

很快，門外響起了嘈雜的腳步聲，更多的持刀巫女聚集了過來。

就在這劍拔弩張的緊張時刻，蘆屋道志突然出現在走廊中，道：「既然客人不想留了，那主人也無話可說。」

加里．科林回頭看向蘆屋道志，道：「蘆屋神官，實在對不起，白冰和瓦爾基里受傷離開，我必須保證維琪不落入龍耀之手。」

「你的意思是，我無法保護你們的安全嗎？」蘆屋道志問道。

「不、不！只是……只是您還不瞭解龍耀。」

「哼！罷了。我送你們一程吧！」蘆屋道志伸手指向了走廊。

加里．科林伸手去拉維琪，但卻被十御的靈氣震開了。十御輕飄飄的飛了起來，手拉著維琪的小手，道：「我也送妳一程吧！」

幾人搭乘了高速電梯，向著地面急駛而來。光禿禿的地面上一陣輕抖，一塊礁石被頂高了起來，然後露出了金屬製造的電梯。

秘書蕾蒂舉手擋著陽光，向著小島的邊緣看了一眼，見前方停著一大一小兩艘船，便道：「那艘大船是我們的。」

「好，快走。」加里．科林似乎感應到龍耀在靠近，連說話的聲音都有些顫抖了。

維琪擔憂的望向十御，十御卻一臉的淡定，道：「去吧！龍耀在等著妳。」

「啊？」維琪還沒有聽明白這話的意思，就被加里．科林硬拖向了大船。

大船的船長守在船梯旁，壓低帽子遮住了半張臉，用粗野的水手嗓音道：「先生，請把船票給我。」

「船票？什麼船票？」加里．科林不知所措了。

「你手裡攥著的，就是船票。」

加里．科林低頭看向手，發現攥著的是維琪。一瞬間，他似乎意識到了什麼，再次抬起頭來的時候，一根針灸針已經刺向了他的眼球。

「啊！」加里．科林尖叫了一聲，一屁股坐倒在了沙灘上。

張鳴啟閃身來到前方，將針灸針在半空中砍斷。船長慢慢的摘下了帽子，露出一張年輕冷傲的臉。

「龍耀，果然是你。」張鳴啟道。

龍耀用手指旋轉著帽子，笑道：「又見面了。」

原來，龍耀早一步找到了秘密小島，並且發現了加里．科林的逃亡船，便順手將船上的水手打暈。

張鳴啟憤怒得兩眼充血，猛的揮出手中的密碼箱，一道凜冽的劍氣射了出去。莎利葉從船內跳了出來，雙手旋動死神鐮刀將劍氣打散。林雨婷和胡培培也踏出船艙，面容嚴肅的站到了龍耀身後。

「三對四，對你們可是很不利啊！」龍耀笑道。

加里．科林緊張的張望著，只好把希望寄託向蘆屋道志，道：「蘆屋神官，現在是好機會，既然龍耀敢到這裡送死，我們聯手將他們殺掉吧！」

蘆屋道志揣測著龍耀四人的實力，又對比了一下加里．科林三人的實力，估計是龍耀一方略勝一籌。

但如果他加入加里．科林一方的話，那戰勝龍耀四人就應該很容易了。

想到這裡，蘆屋道志有些心動了，想趁機消滅龍耀一行人。

雖然蘆屋道志沒有說一句話，但他的心事全被十御知道了。十御突然甩了甩袖子，將神樂鈴拿了出來，道：「蘆屋，你漏算了一人。」

「啊！」蘆屋道志驚訝的扭回頭來。

「我是龍耀一方的。」

「妳——」

「今天正是時候，我要獲得自由。」

「原來妳早就預料到了，難怪要親自送維琪出來。」蘆屋道志的眼睛瞪得溜圓，把青玉石杖重重的砸下，腳下立刻擴展出一波邪氣，道：「我絕不允許妳離開。」

「那就只有戰了！我們兩人都不藉助於外力，只靠自己的力量來比試一下吧！讓我看看你有多少覺悟！」十御搖著神樂鈴，將靈氣擴散開來。

一高一矮，一老一少，雙方面對面的對視著，邪氣和靈氣互相推擠，製造出駭人的大風暴。

風暴吹得加里．科林站不住腳步，踉踉蹌蹌的靠到了船舷下方。龍耀笑著走到了近前，輕輕的敲了敲船壁，道：「加里．科林，我們做筆交易吧？你把維琪留下，我就放你們走。」

「你會這麼好心？」

「我的目的是救回維琪，優先考慮維琪的安全。如果我們動起手來的話，這個小島會被毀掉。」

「呃……」

「你還在猶豫什麼啊？十御出手了，你們沒勝算。你就別管蘆屋那個老頭的死活了，反正你也不是一個講義氣的人。」龍耀揶揄道。

加里．科林咬了一陣牙，道：「好！人不為己，天誅地滅。」

加里．科林向身後示意了一下，張鳴啟和蕾蒂便放開了維琪，然後三人匆匆忙忙的跳上了船，頭也不回的駛向最近的陸地。

蘆屋道志看到這一切，只能衝著大海怒吼一聲，道：「加里．科林，你這個卑鄙小人！」

維琪激動的撲進龍耀懷裡，哇哇的大哭了起來，眼淚把龍耀的肩膀都打濕了，道：「哥哥，我好想你啊！還以為永遠見不到你了。」

「說什麼傻話呢？我答應過要保護妳，是絕對不會食言的。」龍耀撫摸著維琪的頭髮道。

「哥哥對維琪太好了！維琪一定要以身相許，用肉體回報這份恩情。」維琪緊緊的抱著龍耀，用豐盈的胸部來回磨蹭著。

「咳——咳——咳——」莎利葉、葉晴雲、胡培培各咳嗽了一聲，然後用殺人一般的眼神盯著龍耀的後背，一起道：「變態蘿莉控！」

「呃！沒這回事。」龍耀趕緊推開維琪的胸部，彎腰給她擦了擦眼淚，道：「別哭了！再哭就不漂亮了。」

維琪聽到這句話，眼淚瞬間停止了，就像扭水龍頭似的，「不行、不行！我要保持美麗才行，否則哥哥會出軌的。」

「妳這小丫頭實在是太早熟了。」龍耀將維琪推給葉晴雲和胡培培，讓她們兩人小心保護著她。

雖然十御和蘆屋道志還沒有正式交手，但兩人的「氣」已經激烈的對撞在一起，靈氣和邪氣交纏盤旋著，引得小島上的天空都被烏雲籠罩了。

蘆屋道志撕開了胸前的法衣，露出掛在裡面的一千張靈符，道：「十御，妳的靈能力是賜予別人力量，僅憑妳自己的力量，怎麼跟我比鬥啊？」

「蘆屋道志，你太輕視我了！」十御的表情依然冷淡，輕輕的摸出十張靈符，道：「你們在製造我的時候，就給我設定好了靈能力。但是你們卻忘掉了一點，我是具有學習能力的人。」

「什麼？」蘆屋道志吃了一驚。

「下面我就讓你見識一下，我自學了六十八年的陰陽術。」十御將十張靈符向外一撒，十張靈符形成了一個圓環。圓環飄浮在十御腰的高度，像是輪盤一般的慢慢旋轉。

蘆屋道志驚訝的看著十御，猛的騰身懸浮在半空中，將千張靈符一下子彈了出去，道：

「禁！靈寶符命，千魔皆伏。」

千張靈符如雨般的撒向了十御，十御卻不急不忙的伸出手來，輕輕的搖動起神樂鈴，道：

「臨，兵，鬥，者，皆，陣，列，在，前。」

十張靈符加速旋轉了起來，用螺旋力將千張靈符悉數彈開。蘆屋道志有些傻眼了，自己釋放出千張靈符，竟然被十張抵擋了下來。

「不愧是我蘆屋一族創造的『神』啊！」蘆屋道志驚嘆道。

「蘆屋，就此結束吧！你沒有勝算的。」

「不！不！絕不！妳是我蘆屋一族的夢想，也是未來整個世界的夢想，我蘆屋道志絕不能讓夢想斷絕在我的手中。」蘆屋道志雙眼中噴出了邪氣，攥著青玉石杖的手一陣顫抖。

青玉石杖感應到了蘆屋的心意，杖端的八顆蛇頭忽然破石而出，變成了八條活靈活現的蛇。八顆蛇頭糾纏扭曲著，忽然一起亮出了毒牙，深深的咬在蘆屋道志的手上，飽飽的飲起了鮮血。

「啊——」蘆屋道志發出撕心裂肺的大吼，一股濃烈的邪氣從地上噴湧了出來。小島外的大海掀起了層層波濤，就連地殼都跟著緩緩顫動起來。

「八岐大蛇之力。」十御輕輕的搖了搖頭，道：「蘆屋，你犯規了。我們剛才約好的，都不准藉助外力。」

「我已經顧不得那麼多了。」蘆屋道志痛苦的說道。

八岐大蛇的邪力越來越強，不斷的滲入蘆屋道志的身體。

四周的環境逐漸變得惡劣了，好像世界末日來臨一般。巨大的海嘯衝擊向東京，海邊的幾幢大樓瞬間被毀掉了。

「你這樣會毀了日本的。」十御嘆道。

「失去了妳，就失去了信仰！日本一樣會沒救的。」蘆屋道。

龍耀和莎利葉躲在一塊礁石後，旁觀這場讓人震驚的神魔大戰。

「你們還說我是蘿莉控，我比蘆屋道志差遠了。蘆屋一族三代都是蘿莉控，而且為了留住一個蘿莉，連整個國家都可以毀滅掉。」龍耀如此評價眼前的戰鬥。

「人家是紳士一般的蘿莉控，奉行著『只可遠觀，不可褻玩』的宗旨，哪像你時常的猥褻維琪。」莎利葉嚼著棒棒糖道。

「什麼啊！明明都是維琪自己亂來，怎麼能把黑鍋扣到我頭上？」

在兩人悄悄交談的時候，蘆屋道志突然轉過頭來，吼道：「龍耀，這都要怪你！」

隨著蘆屋道志的一聲吼，八隻蛇頭猛撲了過來，將巨大的礁石撞得粉碎。龍耀抱著莎利葉一跳，與十御站在了同一戰線上。

此時，蘆屋道志的身體更加扭曲了，更多的邪力纏附在他的身上。邪氣扭曲著不斷變濃增厚，最終竟然變成了一團實體。一條巨大的蛇出現在眼前，上面長著八顆巨大的頭顱，每個頭顱都有卡車那般大，下體還埋藏在小島的沙地下，正慢慢的向外蠕動著。

「龍耀，去死吧！」蘆屋道志控制著八岐大蛇，低頭向著龍耀撲咬下來。

十御趕緊升起十張靈符，在頭頂組成了一個結界。這結界雖然擋下了撞擊，但卻承擔不住壓力，壓得十御三人一起沉到了地下。

沉在地下的龍耀，大叫道：「莎利葉，將龍召喚出來！」

莎利葉抽了死神鐮刀，猛的一刀斬破了虛空，在沙中打開了一道異界之門。曾經與她簽訂契約的雙頭龍，聽到了在人間界的主人的召喚，展開巨翼突破煉獄的阻撓，以不可阻擋之勢衝出地表。

莎利葉踩在一隻龍頭上，率先衝向了八岐大蛇。龍耀一把抱住了十御，踏上了另一隻龍頭。

此時，龍耀才發現十御好輕，輕得像是紙紮的一般。如果在她腰上捆一根繩子，簡直就可以當風箏玩了。

「你抱得太鬆了，我會被甩飛的。」十御面無表情的道。

「哦哦！可妳的體重太輕了，有一種一碰就壞的感覺，我怕用力把妳抱痛了。」龍耀又抱緊了一點。

「你希望我有多重？我可以立刻轉換。」

「體重都可以隨意轉換嗎？妳想要挑釁牛頓力學嗎？」

十御輕輕的抖動了一下身體，體重果然變得沉重了一些，「現在感覺如何？我變成了維琪的體重，你對這體重應該很熟悉吧！」

「其實我也不是很熟悉。」龍耀聳了聳肩膀道。

「是嗎?可維琪說你很喜歡抱她,經常抱著她吃飯、走路、洗澡、睡覺、上廁所……」

「啊!不要聽那小丫頭信口胡說。」

「哦,那變成莎利葉的體重如何?」

「別管體重了!趕緊制伏大蛇吧。」

「哦!」十御一手搖動神樂鈴,一手操縱著十張靈符,驅散了頭頂的大蛇邪氣。

雙頭巨龍和八頭大蛇糾纏撕咬著,上演著奧特曼大戰哥斯拉的大戲。同時邪氣不斷的向四周擴散,整個東京陷入了地震之中。無辜的市民驚叫連連,在街道上四處奔跑著,慌張的尋找避難所。

十御遠遠的眺望著東京,忽然眼睛裡滑出一滴眼淚。蘆屋道志一下子呆住了,不敢置信的望著眼淚。

十御臉上的表情依然沒變,只覺得臉上有一道濕涼。

她輕輕的伸手沾下眼淚,放到小嘴裡舔了兩下,道:「鹹的,跟海水一樣的味道,這就是悲傷的淚嗎?」

「眼淚！怎麼可能？妳的基因設計裡，沒有流淚這項功能。」蘆屋道志道。

「一切都是可以改變的，蘆屋你也該改變了，放開你家族的榮耀，做回最初的自己吧！」十御眺望著東京，道：「你的最初理想是救國救民吧，可現在卻變成了害國害民，所以請你懸崖勒馬吧！」

「我知道了！」蘆屋道志也流下了眼淚，想要重新封印起大蛇之力。

可忽然，八岐大蛇變得殘暴起來，一個頭把蘆屋咬進了口中。同時，另七個頭齜撲向了十御，七張嘴亂七八糟的一陣猛咬，將龍耀所在的龍頭撕裂成了碎片。

「十御，快逃！八岐大蛇失控了，牠想要吞噬掉妳！」蘆屋道志雙手撐著蛇嘴，向十御發出警告。

龍耀一手抱著十御，一手彈出了龍涎絲，在蛇頭之間飛蕩著。莎利葉看到巨龍斷了一顆頭，便又搖動起左肩上的月桂花。

幾瓣月桂花飄搖到了斷頭上，斷頸處發出了璀璨的光芒，像是豆子生根抽芽一般，瞬間就冒了一個肉芽。而且那個肉芽不斷的扭曲旋轉，「吱啦啦」的從中間裂成了兩半，竟然變成兩個新的頭。

雙頭龍變成了三頭龍，三個龍頭分別噴出火、水、毒，向著八岐大蛇發起進攻。龍耀和十御又落了回去，和莎利葉三人並排站在三隻龍頭上。

十御看著扭動不停的八岐大蛇，道：「龍耀，我要你準備的東西呢？」

龍耀見時機已經成熟，便向著下方大喊道：「百地壘。」

小島下方的沙石一陣聳動，百地壘從沙中跳了出來，道：「在下已經等待很久了。」

百地壘抽出背後的忍法卷軸，咬破手指用鮮血開啟封印，道：「忍法．天女散花之術。」

「天女散花」的忍術，本來是用來發射暗器，能將海量的暗器瞬間打出。如今，百地壘用這招發射靈符，將二十四萬張靈符一瞬間散出。

二十四萬張靈符飄舞著飛上天空，像是逆著地心引力飛舞的花瓣一樣，將天和地都渲染成了紅色。

十御重重的搖起神樂鈴，同時如仙子一般的翩翩而動，在中間的龍頭上跳起了驅魔舞。二十四萬張靈符漫天飛舞，隨著十御的舞蹈而一起搖動。那二十四張靈符就像二十四萬名少女，陪著十御這個姐妹在天空中優雅的起舞著。

巨大的靈氣釋放了出來，先是沿著海面逐漸擴散，繼而向著天空無限延伸，最後變成通天徹

地的光柱，威嚴的佇立大海與天空之間。二十四萬張靈符排成整齊的隊列，像是螢火蟲般的繞著光柱飛舞。

在這一瞬間，整個東半球都能看到這一奇景，連氣象衛星都拍攝到了大氣層的變化。天空忽然放出了亮光，烏雲被靈氣悉數吹散了，海嘯和地震也安穩了下來。

八岐大蛇在光芒之中，身體逐漸變得透明，馬上就被靈氣吞沒了。牠的八個腦袋都發了慌，像是蚯蚓似的奮力縮回了地下，而可憐的蘆屋道志也被帶了下去。

蘆屋道志的身體已經被大蛇拖進了沙中，只留下一張流淚的臉還在仰望著天空。但蘆屋道志卻沒有恐懼，他看到天空中的光柱，內心也在瞬間被淨化了。他向二十四萬個失敗品道歉，並在心底向十御發出祝福，然後安靜的等待自己的死亡。

忽然，十根龍涎絲勁射而來，牢牢的捆住了他的身子，將下降的勢頭拉停了下來。龍耀用力的向上拉扯龍涎絲，但八岐大蛇的力量實在是太大了，反而把龍耀從龍頭上拉扯下來。

關鍵時刻，十御又一次釋放出信仰之力，將那股力量灌輸進龍耀體內。龍耀瞬間感覺靈能提升了一個等級，手中的龍涎絲也變粗了一倍有餘。

「啊——上來吧！」龍耀大吼了一聲，像是釣魚似的一甩，猛的將蘆屋道志拉了出來。

煙消雲散，風平浪靜，一切都結束了。八岐大蛇和三頭巨龍都回到了異界。

龍耀抱著莎利葉和十御落地，然後氣力不支的躺倒在沙灘上，三人一起眺望著湛藍如洗的天空。

維琪從遠處跑了過來，跳著撲倒在龍耀身上，像小寵物狗似的又親又摸。葉晴雲和胡培培瞪眼看著，兩人的額頭都綻起了青筋。

葉晴雲拿出手機，拍下了一張照片，發給了林雨婷。不一會兒，龍耀的手機就響了起來，林雨婷氣急敗壞的叫道：「你這個變態蘿莉控！竟然跑去海灘玩，還不肯帶上我！」

「呃！這事出有因啊……」龍耀想要解釋一下，可是林雨婷卻嘟噥個不停，根本沒他插嘴的機會。

這時，十御已經坐到了百地壘的肩頭，像是側坐在水牛背上的牧童似的。

「各位，再會了。我要去看一下世界，實現我六十八年的願望。」十御道。

「啊？這就要離開了嗎？」龍耀問道。

「是的。不過請安心，這不是永別。在你需要我的時候，我會及時出現的。」

百地壘向在場的人拱手告別，道：「那麼，各位，後會有期了！」

「噗」的一陣煙霧爆起，百地壘帶著十御消失了。

「龍耀、龍耀，你有沒有在聽我說話啊？」林雨婷在手機裡大叫道。

「聽到了、聽到了！我的事已經辦完了，接下來可以遊玩了。我馬上就接妳一起來，妳想玩什麼都可以。」龍耀邊打手機邊走向蘆屋道志，看了一眼躺在沙石中的老頭，道：「喂！老爹，你在日本很吃得開吧！能不能帶我們去逛一逛啊？富士山、松島之類的地方，你帶著去可不可以半價啊？」

蘆屋道志仰望著天空，道：「為什麼要救我啊？」

「因為你是一個心中有仁義的人，這個時代有仁義的人已經不多了，所以我不能眼睜睜的看著你死。」龍耀坐到了旁邊的礁石上，又道：「跟加里·科林合作是沒前途的，不如我們兩人來合作吧？」

「哼！休想套取我的情報。」蘆屋道志還在生氣。

「哈哈！我的確很想知道你掌握的情報，不過我現在說的卻是商業方面的合作。」龍耀在口袋裡摸了摸，遞上了一張龍林高科總裁的名片，道：「蘆屋研究所的生物科技很先進，本公司希望能把它們投入市場。」

蘆屋道志臉上的表情變得很滑稽，好久他才幽幽的吐出一口氣來，道：「龍耀，你真是一個有趣的人啊！」

靈能之森03天機初現　完

星作者月夜暮華 繪者K@I 聯手出擊!!

考試容易出錯，工作總是功虧一簣？

改命、算運、卜前程，來「風水」小店就對了！

這裡有以戲弄少年為主業，兼職風水抓鬼的大叔來為您服務哦～

更多詳細內容請搜尋★ 不思議工作室_ 立即搜尋

典藏閣 采舍國際 www.silkbook.com 版權所有© Copyright 2012

☞**您在什麼地方購買本書？**☜

□便利商店__________ □博客來 □金石堂 □金石堂網路書店 □新絲路網路書店

□其他網路平台__________ □書店__________市／縣__________書店

姓名：__________ 地址：______________________________

聯絡電話：__________ 電子郵箱：______________________________

您的性別：□男 □女

您的生日：__________年__________月__________日

（請務必填妥基本資料，以利贈品寄送）

您的職業：□上班族 □學生 □服務業 □軍警公教 □資訊業 □娛樂相關產業

□自由業 □其他__________

您的學歷：□高中（含高中以下） □專科、大學 □研究所以上

☞**購買前**☜

您從何處得知本書：□逛書店 □網路廣告（網站：__________） □親友介紹

（可複選） □出版書訊 □銷售人員推薦 □其他

本書吸引您的原因：□書名很好 □封面精美 □書腰文字 □封底文字 □欣賞作家

（可複選） □喜歡畫家 □價格合理 □題材有趣 □廣告印象深刻

□其他__________

☞**購買後**☜

您滿意的部份：□書名 □封面 □故事內容 □版面編排 □價格 □贈品

（可複選） □其他

不滿意的部份：□書名 □封面 □故事內容 □版面編排 □價格 □贈品

（可複選） □其他

您對本書以及典藏閣的建議______________________________

____

____

✌是否願意收到相關企業之電子報？□是 □否

✎**感謝您寶貴的意見**✎

✌From____________________@____________________

♦請務必填寫有效e-mail郵箱，以利通知相關訊息，謝謝♦

印刷品

$3.5
請貼
3.5元
郵票
不思議信箱
FUSIGI POST

235 新北市中和區中山路二段366巷10號10樓

華文網出版集團　收

（典藏閣－不思議工作室）

靈能之森/ 七夜茶作. -- 初版. --新北市：
華文網，2012.01-
冊； 公分. --(飛小說系列)
ISBN 978-986-271-197-2(第3冊：平裝). ——
857.7 100026213

飛小說系列021

靈能之森03-天機初現

出版者■典藏閣
作　者■七夜茶　繪　者■嵐月
總編輯■歐綾纖
製作團隊■不思議工作室
郵撥帳號■50017206 采舍國際有限公司（郵撥購買，請另付一成郵資）
台灣出版中心■新北市中和區中山路2段366巷10號10樓
電　話■(02)2248-7896　傳　真■(02)2248-7758
物流中心■新北市中和區中山路2段366巷10號3樓
電　話■(02)8245-8786　傳　真■(02)8245-8718
ISBN■978-986-271-197-2
出版日期■2012年4月
全球華文國際市場總代理／采舍國際
地　址■新北市中和區中山路2段366巷10號3樓
電　話■(02)8245-8786　傳　真■(02)8245-8718
新絲路網路書店
地　址■新北市中和區中山路2段366巷10號10樓
網　址■www.silkbook.com
電　話■(02)8245-9896
傳　真■(02)8245-8819